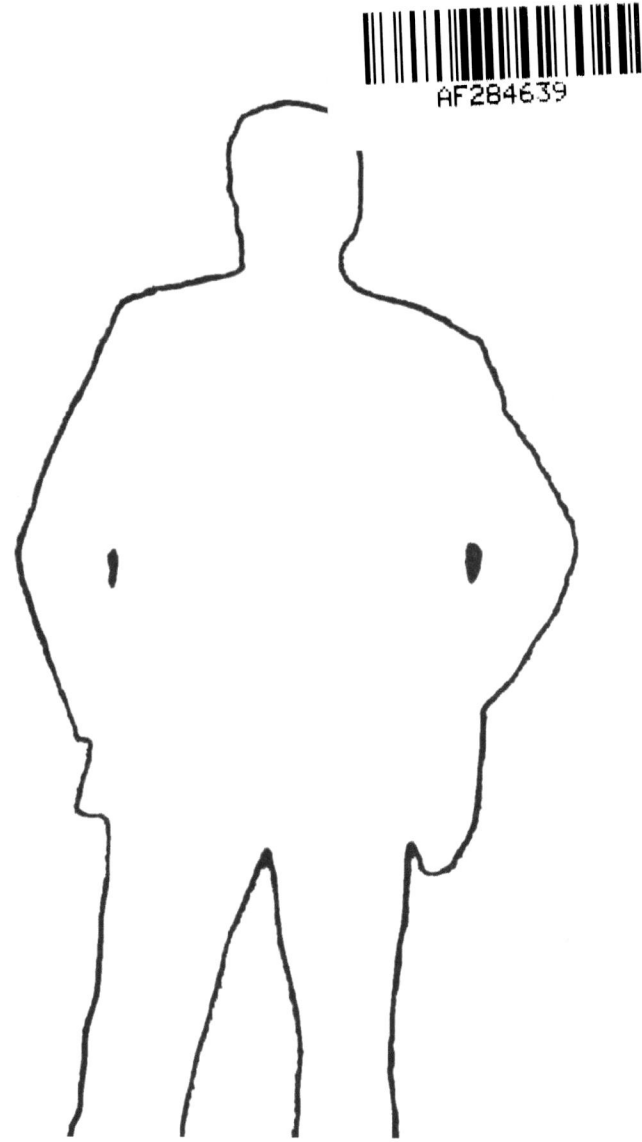

AF284639

# Viel Sex

## für wenig Geld

### Das erste Mal im Puff

von

Siggi Selector

**Impressum:**

**Buchtitel:**

# Viel Sex für wenig Geld
## Das erste Mal im Puff

**Autor:**
Siggi Selector © 2018

Titelfoto by © Siggi Selector

Bibliografische Information der Deutschen Nationalbibliothek:
Die Deutsche Nationalbibliothek verzeichnet diese Publikation in der
Deutschen Nationalbibliografie; detaillierte bibliografische Daten sind im
Internet über http://dnb.d-nb.de abrufbar.

**Herstellung und Verlag:**
Books on Demand GmbH, Norderstedt
ISBN: 9783752829365

# INHALT

# Was bisher geschah

Im Buch „Hasenjagd im Singlemarkt" berichtet Siggi, wie er vom schüchternen Single zum Macho wird, der nicht mehr an die wahre Liebe glaubt. Siggi wird so cool, dass er selbstsicher problemlos die hübschesten Disco-Hasen ansprechen und erobern kann.

Als erfahrener 39-jähriger, nach einer 7-jährigen Ehepause, scheitert der sonst erfolgreiche Mädchenverführer trotz seiner Flirtkünste jedoch schließlich an einer süßen 19-jährigen, die ihm zwei Mal ins Gesicht sagt: „Sie sind mir zu alt".

Siggi kapiert mit Schmerzen, dass er zu alt geworden ist, um für jungen Hasen, die hübsch wie ein Fotomodell sind, noch interessant zu sein.

Mit seinem Kumpel Peter geht er ins „Tanzschiff", ein Lokal, wo Siggi eine 45-jährige anspricht, die auch sofort mit ihm ins Bett geht. Am nächsten Tag telefoniert Siggi mit Peter, und Peter sagt:

„Oh Mann Siggi. Du bist und bleibst der Ober-Macho. Aber eines hast du jetzt gelernt: Du kannst noch flirten und kriegst immer noch Frauen ins Bett."

„Das war *eine* Frau. Könnte Zufall gewesen sein."

„Nein, Siggi, in dieser Altersklasse wirst du immer eine finden. Du bist der Top-Tänzer, Top-Flirter.

Für die Oldies bist du die erste Wahl. Du kannst wieder jagen und Sex haben, so soft du willst."

# Lernen von Lore

Peter überredete mich, es noch einmal mit einer Frau zu versuchen, die ungefähr im gleichen Alter wie ich war. Also fuhren wir am nächsten Freitag in eine Nachbarstadt, ins „Glasherz." Da verkehrten Singles über 40.

Das Glasherz war nicht so groß wie das Tanzschiff, wo ich Lisa aufgerissen hatte. Es gab hier auch keine Tanzkapelle. Die Musik wurde vom Deejay gemacht. Es wurden nur Lieder gespielt, auf die man Discofox tanzen konnte. Es war ein typisches Ambiente für die ältere Generation. Bezeichnenderweise lautete der Werbespruch des Tanzcafés denn auch: „Glasherz – der Treff für Junggebliebene".

Wieder waren Peter und ich als 39-jährige die jüngsten Herren im Lokal, und wieder suchte ich mir die Schönste aller halbwegs Schönen aus.

Ich ging zu ihr, wünschte einen guten Abend und sie wünschte mir auch einen. Ich fragte, wie ihr die Musik gefiele und ob sie Discofox tanzen könne.

Na klar konnte sie. Ich tanzte den Discofox so emotionsgeladen mit ihr, als wäre ich Antonio Banderas als Zorro und würde Salsa mit Catherine Zeta-Jones auf einem Latino-Ball tanzen. Sie schmolz dahin. Sex oder Salsa? Ich tanzte mit ihr natürlich nur, weil ich Sex mit ihr wollte wollte.

Sie hieß Lore und war nur wenige Jahre älter als ich. Nach dem Tanz stellte sie dem Peter ihre Freundin vor und noch am selben Abend landeten Peter und ich bei den beiden Damen in der Wohnung. Dort kochten die Frauen für uns mitten in der Nacht Spaghetti. Wir fühlten uns alle jung wie 28-jährige bei einer After Hour Privat-Fete.

Am nächsten Tag rief ich Lore an und verabredete mich mit ihr in einem Biergarten. Sie war Architektin und überzeugter Single. Sie suchte Sex und keine feste Beziehung. Wir gingen sofort nach dem Biergartenbesuch in ihre Wohnung und fielen über uns her. Rein sexologisch.

Da Lore keine Schwangerschaftsstreifen hatte und besser durchtrainiert war als Lisa, war sie schöner. Sie hatte keinen großen Busen. Er war ziemlich klein, aber zumindest hatte das den Vorteil, dass er nicht schlaff runterschwabbeln konnte.

Lore wusste, dass sie nicht mehr die jüngste war und das Schlafzimmerlicht war immer dunkelrot und so musste ich keine alte Haut mit Falten sehen.

Von Lore übernahm ich ihre positive Einstellung und die Erkenntnis, dass es Sex und (falls gewünscht) auch Liebe für Menschen aller Altersstufen gab und dass man nie verzagen solle, wenn man mal wieder solo war. Irgendwann träfe man / frau immer mal wieder auf einen Partner, mit dem man für eine Weile, mehr oder weniger lang, glücklich sein konnte.

Lore war glücklich mit mir aber sie wusste, dass ich sie eines Tages wegen einer jüngeren verlassen würde.

Und ich wußte auch, dass ich lieber jüngere Frauen mit größeren Brüsten bevorzugte. Aber wenn es sonst nix zu bumsen gibt, dann geht man eben auchmit der zweiten Wahl ins Bett. Dass Lore nicht die Endlösung sein konnte, war mir klar.

Lore, ich werde dich nie vergessen, aber:

Die Lust auf Abenteuer endet nie.

# Torschlusspanik von Lydia

Immerhin drei Monate hatte die rein sexuelle Beziehung mit Lore gehalten. Inzwischen war ich nicht mehr notgeil und es war mir gelungen, selbstbewusst eine 30-jährige namens Lydia aufzureißen.

Ich beendete die Beziehung mit Lore, die es nach einem offenen Gespräch mit mir tapfer hinnahm, dass ich sie für eine jüngere verließ.

Peter und ich waren mal wieder auf eine Single-Party gegangen, die hieß Fisch sucht Fahrrad oder Frosch sucht Fön oder so ähnlich. Alle hatten einen Button mit einer Kennnummer am Hemd und irgendwo auf einer Tafel stand, was die Kennnummer sich wünschte. Ich sah eine Frau, merkte mir die Kennnummer, las was sie sich für einen Partner wünschte, sprach sie auf eine witzige Art an und erweckte in ihr den Glauben, dass ich all ihre Wünsche erfüllen könne. Lydia war wohl die verzweifeltste und hegte keinen Verdacht, dass ich nicht ihre, sondern nur meine Wünsche erfüllen wollte.

Die dreißigjährige Lydia war zwar kein zwanzigjähriges Model mehr, aber als kinderlose Single-Frau hatte sie einen festen, schönen Busen, den ich bei hellem Licht anstarren, anfassen und draufspritzen durfte. Fantastisch!

Aber nach nur einem Monat verließ mich Lydia aus den gleichen Gründen, wie mich Katarina, die Spanierin verlassen hatte: Lydia hatte die Torschlusspanik und sie wollte schnell heiraten. Aber ich nicht. Deshalb musste sie mir sofort den Laufpass geben.

Lydia fühlte ihre biologische Uhr ticken, das Verfallsdatum 30 war erreicht und sie musste gleich wieder frei zu sein für den Richtigen, den Mister Big, den Traumprinz, den jede Prinzessin in ihrem Leben sucht, um mit ihm dann das Ehe-Alltagsleben führen zu können. Ohh nein! Ich erzählte ihr meine Erfahrung mit Julia, die Erfahrungen von Didi, Katarina und anderen Geschiedenen, aber ich konnte ihr den Glauben an die wahre Liebe nicht ausreden.

Die attraktive, heiratswillige Lydia warf mir vor, ich hätte ihre Sehnsucht nach einem Vater für ihre zukünftigen Kinder nur ausgenutzt und sie getäuscht und verführt, nur um sie ins Bett zu kriegen.

Sie tat mir leid, denn irgendwie hatte sie Recht. Ich hatte ihr nicht von Anfang an gesagt, dass ich nie mehr heiraten wollte.

Da sie mich am Anfang unseres Kennenlernens nicht nach meiner Einstellung zur Ehe gefragt hatte, hatte ich auch nicht ehrlich antworten müssen. Und auf der Kennenlern-Party der Singles hatte sie auch nicht gesagt, dass sie jemanden zum Heiraten sucht.

Ich lernte, dass nichts zu sagen fast so ist, wie lügen. Ich fühlte mich schlecht. Irgendwie hatte ich mir den Sex erschlichen.

Ich tröstete mein Gewissen damit, dass sie mir ja schnell auf die Schliche gekommen war. Sie hatte ja keinen Schaden erlitten. Sie hatte einen Monat lang guten Sex mit mir gehabt. Wenn sie nun darauf verzichten wollte, dann war es halt ihre Entscheidung.


Lydia, ich werde dich nie vergessen, aber ich weiß:

Liebe endet mit Liebeskummer.

Sex endet mit Orgasmus.

Die Lust auf Abenteuer endet nie.

# Die neue Strategie

Ich war wieder solo, immer noch nur 39 Jahre alt, aber zu alt für die sexy Teens und Twens, die ihre eigenen Discos und Studentenpartys hatten, wo sie sich austobten, und probierten, was der Partnermarkt so bietet. Aber für diesen Markt war ich zu alt, kein Frischfleisch.

Die zwanzigjährigen wollten mich nicht mehr, für die war ich definitiv zu alt. Egal wie jung ich mich fühlte. Für die Teens und Twens gilt die Regel: Sorry, n Papa hab ich schon zu Hause und jeder ist nicht so alt wie er sich fühlt, sondern so alt, wie er sich anfühlt.

Die 30jährigen wollten mich nicht, denn ich war nur ein Aufreißer. Sie erkannten es entweder sofort oder beim ersten Date. Ich konnte sie nicht anlügen, ich wäre auf der Suche nach der Richtigen zum Heiraten. Ich versprach ihnen Emotionen und Gefühle, aber keinen Hausfrauenjob. Ich suchte eine Frau, die mich liebt, ab keine, die kocht und bügelt und Babys will.

Sie sagten dann, dass sie oft genug auf Typen reingefallen wären, die nur Sex wollten und dass sie jetzt mal den Richtigen suchten, der es ernst meinte und auch Familie wolle. Ich warf den Frauen dann vor, dass sie altmodisch seien. Ich war auf der Suche, nach der selbstbewussten, dynamischen Karrierefrau, die für einen Mann mehr sein wollte, als eine klassische Gebärmaschine mit Heim und Herd.

Das war's dann mit dem Date. Wenn die biologische Uhr tickt, dann sind die Frauen um die Dreißig auch tausende Jahre nach Christi bei der Partnerwahl so altmodisch wie unsere Vorfahren in der Steinzeit. Das wird sich nie ändern, außer es gibt ideale Wunsch-Babys irgendwann bei Amazon zu kaufen, vielleicht im Jahr 2500.

Meine Ehrlichkeit und Bekenntnis zu Sex ohne Ehewillen führte also dazu, dass ich keine um die Dreißig mehr ins Bett kriegte.

Ich rief mal wieder meinen Kumpel Peter an.

„Peter, sind wir wirklich verdammt dazu, für den Rest des Lebens auf junge Hasen verzichten zu müssen?"

„Es sieht so aus, Siggi."

„Nie mehr geiler Sex mit jungen Top-Models?"

„Siggi... So pessimistisch darfst du nicht sein."

Eine Gedankenpause folgte, dann fuhr Peter fort:

„Siggi, es gibt noch eine Chance auf Top-Modelle."

„Welche?" fragte ich zweifelnd.

„Das kann ich dir am Telefon nicht sagen."

„Warum nicht?"

„Ist zu kompliziert."

„Ich will's jetzt aber sofort wissen!", forderte ich.

„Na, dann treffen wir uns jetzt sofort auf ein Bier."

Peter holte mich ab. Wir gingen in eine Kneipe und setzten uns so, dass niemand unsere Unterhaltung verstehen konnte.

„Peter, ich hab's probiert mit den Frauen über 40, aber ich will sie nicht.", sagte ich.

„Siggi, es gibt aber auch ältere Frauen, die gut aussehen."

„Ja, aber erstens sind die wenigen, die noch gut aussehen, meistens vergeben und zweitens sehn sie meist nur in ihren Klamotten gut aus. Im Schlafzimmer machen die Frauen dann das Licht aus, damit sie besser aussehen. Ich mags nicht im Dunkeln. Ich will was Schönes sehen! Bin Optik-Freak."

„Es gibt auch junge Mädchen, die auf ältere, erfahrene Herren stehen." Peter ratterte mal wieder den irrealen Standardsatz der Verzweifelten runter.

„Peter! Du warst dabei, als ich die Abfuhr von der Lola Lolita bekommen hab! Wie groß glaubst du, ist die Wahrscheinlichkeit, dass eine von Tausend Teenies genau auf mich abfährt und sich nix besseres vorstellen kann, als mit mir „Gruftie" ins Bett zu wollen? Und wie hoch ist die Wahrscheinlichkeit, dass diese eine mit ihrem Vaterkomplex auch noch hübsch ist? Wir sind verdammt dazu, ne 30-jährige zu heiraten, oder müssen uns mit Frauen in unserem Alter zufrieden geben. So sieht's wohl aus."

„Siggi. So pessimistisch darfst du nicht sein. Es gibt noch eine Chance auf junge Hasen."

„Das hast du schon am Telefon gesagt und jetzt sind wir hier, weil du gesagt hast, du hättest eine Idee. Aber komm mir jetzt nicht mit Kompromissen. Ich will, wie du und wie jeder normale Mann, so hübsche Frauen vögeln, wie die, die man auf den Titelseiten von FHM, Playboy und Penthouse sieht. Junge Hasen, Models, Kracher. Du weißt, was ich meine. Am Telefon hast du gesagt, du hast ne Idee. Also lass hören, wie wir wieder mit Fackeln im Bett landen."


Peter begann mir von seiner Idee zu erzählen, wie wir wieder junge Hasen ins Bett kriegen könnten.

„Ich weiß jetzt nicht, wie ich anfangen soll."

„Sag's einfach, du weißt ich bin schmerzfrei."

„Wir gehen in den Puff.", sagte Peter.

Jetzt war ich doch geschockt.

„Ich, Super-Flirter und Macho soll für Sex bezahlen?"

„Überleg doch mal, Siggi: Du willst keine Frau als Freundin, die sich in dich verliebt und heiraten will, Und du willst Sex nicht mit alten Frauen, sondern mit geilen Hasen, die aussehen wie die Bunnys im PLAYBOY. Und du weißt selbst, dass du sie in der Disco nicht mehr aufreißen kannst. Im Puff, da gibt's solche Sexbomben und denen ist es egal, wie alt du bist. Da kriegst du deine Granaten für Geld."

„Hmm. Klingt logisch. Warst du schon mal im Puff?"

„Nein, aber das lernen wir auch noch, wie das geht."

„Kann ja nicht so schwer sein. Aber die gut aussehenden Fackeln kosten bestimmt ne Menge Geld.", sagte ich.

„Ich hab gehört, dass es in Frankfurt im Bahnhofsviertel jede Menge Häuser mit Huren gibt, da kriegst du nen Quickie schon für 50 Mark."

„Nur? Ne Granate für nur 50 Mark? Das kann ich nicht glauben."

„Ist ja nur n Quickie. Länger kostet bestimmt mehr."

„Wie lang dauert der Quicky für nur 50 Mark?"

„Kann ich dir nicht sagen, Siggi. Hab ich nur gehört."

„Nur gehört? Von wem denn? Wer hat dir das erzählt? Den müssen wir noch mal fragen was es kostet und was man dafür kriegt."

„Das ist n paar Jahre her und das war n Typ, den hab ich auf einer Geschäftsreise kennengelernt. Der ist immer in' Puff wenn er auf Geschäftsreise war, da hat es seine Ehefrau nicht mitgekriegt. Ich bin damals aber nicht mitgegangen. Hab keinen Kontakt mehr, weiß nicht mal mehr wie der hieß."

„Hmm. Dann müssen wir es halt selbst rausfinden."

„Du findest die Idee gut, Siggi?"

„Ja, weil's logisch klingt: Junge Frauen, die nicht aufs Alter gucken, weil sie eben Geld kriegen. Sex ohne Liebe, also ohne Liebeskummer und ohne Beziehungs-Probleme, Sex mit geilen Granaten für Geld. Und dann auch noch für nur 50 Mark. Klingt so gut, das kann ich ja nur gut finden. Das probieren wir aus, Peter. Wann fahren wir nach Frankfurt?"

„Meinetwegen morgen."

„Abgemacht."

Die Fahrt nach Frankfurt war beschlossen. Wir prosteten drauf und konnten es eigentlich gar nicht abwarten. Wir überlegten, was es wohl kosten würde, mit einer Sexbombe, die aussah wie Pamela Anderson, ins Bett gehen zu dürfen. Nicht für einen Quicky, sondern für ne gute Nummer.

„Wie lange hat dein kürzester Quicky gedauert?", fragte ich Peter.

„Mit Ausziehen im Auto ca. 10 Minuten.", gestand Peter. „Und bei dir, Siggi?"

„5 Minuten. Auf der Toilette in einem Restaurant.", verriet ich und fragte weiter: „Und deine längste und geilste Nummer? Wie lange dauerte die?"

„4 Stunden, mit Pausen und 4 mal Orgasmus."

„Bei mir circa 3 Stunden mit Stopp-Technik. Orgasmus rausgezögert bis zum Schluss. Nur geil."

„Das sind aber Extreme.", warf Peter ein. „Macht man ja nur wenn man ganz am Anfang in einer Beziehung schwer verliebt ist und beide nicht genug voneinander bekommen können."

„Ja. Ne gute Standardnummer in der Ehe ohne Vorspiel hat meist nur 20 bis 30 Minuten gedauert."

„Laut Statistik braucht ein Mann im Schnitt 7 Minuten wenn er gleich bei Beginn der Erregung mit gleichmäßigen Stößen und ohne sich abzulenken bumst. Und es gibt Witze, dass manche Männer in 2 Minuten fertig sind.", berichtete Peter.

„Stimmt. Das hab ich auch mal gelesen. Hoffentlich kriegt man im Puff von den Huren aber mehr als 7 Minuten Zeit für diese 50-Mark Nummer. Wenn ich ne gute Nummer mit so ner Fackel im Bett schieben will, dann muss es mindestens 30 Minuten dauern."

„Auf alle Fälle sollten wir mal mehr Geld als 50 Mark einstecken haben. Man weiß ja nie."

„Ich werd 200 mitnehmen, aber ich nehme mir vor, nicht mehr als 50 auszugeben. Ich will wissen, was man für nen Fuffi kriegt. Ein Fuffi tut nicht weh. Soviel geben wir auch aus, wenn wir auf Discotour sind, wo wir nix zum Bumsen aufreißen können."

„Seh ich auch so, Siggi. Also, um wieviel Uhr fahren wir morgen los?"

„Treffpunkt um 20 h, hier in diesem Pub."

# Der erste Besuch im Puff

## Im Bahnhofsviertel Frankfurt

Die Fahrt nach Frankfurt dauerte ungefähr eine Stunde. Ein Parkplatz in der Nähe des Bahnhofes war glücklicherweise auch schnell gefunden.

Peter und ich schlenderten vom Bahnhof aus gesehen, gemütlich über die Kaiserstrasse Richtung Innenstadt. Die Kaiserstrasse ist eine ziemlich breite Fußgängerzone. Links und rechts waren lauter Kneipen, Bistros und Restaurants. Einen Puff sahen wir nicht, nur einen Sexshop von Beate Uhse.

Vor vielen Lokalen saßen Penner, die ihren Hut vor sich gestellt hatten. Hie und da sah man ein paar arbeitslose Punker in einer Gruppe zusammenstehen, die so taten, als ob sie nichts taten. Aber wahrscheinlich warteten sie auf einen Drogenkurier, der ihnen was liefern sollte oder sie warteten auf ihre Kunden, um ihnen Stoff verkaufen zu können.

Peter und ich, beide fast 40 Jahre alt, mit Lederjacke und Jeans bekleidet, sahen aus wie Kriminalkommissare. Die gehen ja auch immer zu zweit auf Streife. Wenn wir an einer Gruppe Punker vorgingen, guckten die immer ängstlich und nervös.

Je weiter wir die Kaiserstrasse Richtung City liefen, desto mehr verlor die Strasse ihren Bahnhof-Charakter. Statt Kneipen und Snackbuden sahen wir immer mehr Mode-Boutiquen und Juweliergeschäfte.

Aber wo war der sagenumwobene Frankfurter Puff? Das Rotlichtviertel? Hier in der Einkaufsstrasse der City konnte er nicht sein. Wir kehrten um und liefen zurück, wieder in Richtung Bahnhof.

An der Strassenecke, wo wir den Sexshop gesehen hatten, standen zwei Jugendliche in billigen Klamotten rum.

„Die beiden fragen wir jetzt einfach.", sagte ich, und wir gingen direkt auf die beiden Typen zu.

Plötzlich wurden die beiden nervös und schmissen ihren Stoff auf die Strasse. Beiden ließen wie zufällig ein in silbernes Stanniolpapier gewickeltes Kügelchen fallen und taten so, als würden sie uns gar nicht sehen. Ich grinste und sagte:

„Hey, Jungs, mal ne kurze Frage: Wir beide sind das erste Mal in Frankfurt. Wo ist denn hier der Puff? Der müsste doch hier irgendwo sein?"

Die beiden guckten sich an und wunderten sich, warum wir Kriminalkommissare so was fragten.

„Nee echt, wir wissen es nicht, warn noch nie hier. Wir haben nur gehört, dass hier in der Kaiserstrasse der Puff sein soll aber wir sehen keinen. Das kann doch nicht sein.", ergänzte Peter.

Da glaubte uns einer der Burschen, dass wir nur zwei Typen auf der Suche nach dem Puff waren und er erklärte, mit der Hand die Richtung weisend:

„Die Puffs sind nicht in der Kaiserstrasse, sondern in der Taunusstrasse und der Elbestrasse. Wenn ihr hier, das ist die Moselstrasse, runter lauft, an der nächsten Ecke rechts, da ist die Taunusstrasse, da sind jede Menge Häuser.", verriet uns der Drogist.

„Mehrere Puffs?", fragte ich begeistert.

„Ey, Alder, ihr ward ja wirklich noch nie hier.", sagte der Jungspund und ergänzte: „Da sind jede Menge Laufhäuser. Nicht zu übersehen. Wenn über einem Hauseingang irgend was Rotes steht, zum Beispiel „Girls", da müsst ihr nur reingehen."

„Sind das Bars?"

Die beiden lachten uns aus.

„Bars gibt's da auch, aber das erkennt man, ob's ne Bar ist, oder n Puff. Die Puffs, das sind Häuser mit Zimmern, da warten die Huren, dass Männer wie ihr kommen. Was soll ich viel ablabern. Schaut's euch einfach an! Da vorne, in 100 Metern von hier, da geht's schon los."

„Okay, danke. Wir gehen dann mal suchen. Übrigens: Du hast deinen Kaugummi fallen lassen.", verabschiedete ich mich.

Er bückte sich, hob den Stoff wieder auf und sagte:

„Jetzt schieb ab Alder. Verpisst euch zu den Huren ihr Wichser und passt auf, dass ihr keinen Stress kriegt."

„Schon okay!", sagte ich, zog Peter an der Lederjacke und wir machten uns auf den Weg. Nur 50 Meter weiter ging es los. Plötzlich war da eine Strip-Bar neben der anderen. Die Neonlichter waren grell gelb, grün, blau und meistens rot. Wir waren da und

# Im Rotlichtviertel angekommen!

Vor jeder Bar stand immer n Typ, der uns ansprach und rief: „Hereinspaziert, Oben Ohne Bedienung, Herrengedeck nur 10 Mark", oder so was ähnliches, wie zum Beispiel: „Die Herren kommen gerade rechtzeitig. Die Showtime beginnt in 5 Minuten!"

Wir dankten für die Einladungen, marschierten aber weiter. Wo war denn nun endlich ein Puff? Wir sahen nur Bars.

Am Ende der Strasse angekommen, bogen wir nach rechts ab und gelangten in die nächste Strasse des Rotlichtviertels. Geographisch war sie eine Parallelstraße zur Kaiserstraße. Es war die Taunusstrasse.

Es war eine Strasse mit hohen, oft 7-stöckigen Gebäuden. An einer Kreuzung der Taunusstrasse war ein Haus, das war knallrot beleuchtet. Das musste der gesuchte Puff sein!

„Da isser!", sagte ich und beschleunigte den Schritt.

„Moment!", bremste mich Peter. „Bleib mal stehen und schau mal nach rechts. Über diesem Hauseingang, da steht EROS CENTER."

Tatsächlich. Da war ein Hauseingang, so wie jeder normale Hauseingang zu einem großen Mietswohnhaus aussieht, aber über der Türe stand in rot leuchtender Neonschrift unmissverständlich: „Eros-Center."

„Komm, da gehen wir rein. Das rote Haus da vorne gucken wir uns nachher an.", sagte ich.

Wir stießen die schwere Pforte auf, und traten ein.

Wir standen in einem typischen Mietshaus. Da war ein Flur und ein Zimmer, da stand „Hausmeister" an der Türe. Am Ende des maximal 5 Meter langen, schmalen Ganges war eine Treppe, die führte nach oben.

Die Wand war in typischem rot angestrichen und in Schwarz aufgemalt war da ein Pfeil, der nach oben deutete. Über dem Pfeil hatte der Maler freihändig oder besoffen das Wort „Girls" gepinselt, so schief und unregelmäßig groß waren die Buchstaben des Wortes GIRLS.

Aber das Wort verfehlte nicht seine Wirkung auf uns. Girls! Da stand Girls! Wir mussten nur die Treppe raufgehen und da warteten Girls!

Voller Spannung stiegen wir die Treppen hinauf. Auf dem Treppenabsatz im ersten Stockwerk angekommen, konnten wir uns entscheiden, ob wir dem Pfeil mit dem Hinweis auf noch mehr Girls ins nächste Stockwerk folgen wollten, oder ob wir in diesem Stockwerk bleiben und in einen Gang einbiegen wollten.

Ich entschied mich für den Gang und Peter tappte mir hinterher. Wir kamen in einen Flur, der wie ein Hotelflur aussah. Es war ein langer Gang und links und rechts waren Zimmer. Girls sahen wir keine.

Wir gingen langsam den Gang entlang. Die ersten beiden Zimmertüren, an denen wir vorbeikamen, waren geschlossen. Aus der nächsten Tür, die wir sahen, drang Licht, da stand die Türe offen.

Wir kamen zu dem Zimmer und blieben stehen.

# Die nette Nachbarin von Nebenan

Vom Flur aus konnten wir in das Zimmer sehen. Es war plüschig eingerichtet, war in gedämpftes Licht getaucht, mit Postern von nackten Frauen an den Wänden. Es stand ein Doppelbett drin, und da lag eine Frau bäuchlings auf dem Bett und hatte den Kopf auf ihre vor sich verschränkten Arme gelegt und schaute aus ihrer Liegeposition herauf in unsere Richtung.

Die Frau war ungefähr Ende 20 Jahre alt und leicht bekleidet Sie trug schwarze Dessous. Weil sie auf dem Bauch lag, sahen wir nur ihren nackten Rücken, ihre nackten Arme und ihre Beine. Über diese hatte sie schwarzen Strümpfe gezogen, die übers Knie bis zur Mitte der Oberschenkel gingen. An ihren Füssen hatte sie knallrote Schuhe.

Es war 1996, Peter und ich waren 39 Jahre alt. Es war das erste Mal in unserem Leben, dass wir eine Prostituierte nicht im TV, sondern im wirklichen Leben sahen. So sah also eine Hure aus, die auf Freier wartete?

Irgendwie hatte ich immer gedacht, Huren mussen wie Huren aussehen. Richtig ordinär, mit viel knallrotem Lippenstift und viel Kayal. Und mit einer verrucht frisierten roten Haarpracht, die Frau frisurtechnisch nicht tragen konnte, wenn sie im Büro arbeiten würde. Irgendwie dachte ich beim

Wort „Hure" immer an diese Barfrauen, die im Western-Saloon die Cowboys anmachten, mit langer Zigarettenspitze, tiefem Dekollete und bis zum Slip hoch geschlitzten Röcken, so dass man die Strapse sehen konnte. Und dann mit dem Cowboy die Treppe rauf.

Aber abgesehen, davon, dass diese Hure hier in Frankfurt in ihrem schwarzen Slip und mit ihren schwarzen Strümpfen und den roten Schuhen leicht bekleidet aussah, war sie eine ganz normale junge Frau, die da gemütlich und unerotisch auf dem Bett lümmelte. Sie war nicht mal übermäßig geschminkt.

Mit ihrem spießigem Gesicht und einfacher, passender Frisur hätte sie in normaler Kleidung in der Nachbarschaft wohnen können und würde keinem Mann besonders auffallen.

Weil sie auf dem Bauch lag, konnten wir nicht sehen, wie sie vorne rum gebaut war, aber wir erkannten eines mit Sicherheit:

Sie war bestimmt keine Fackel. In der Disco hätte sie jede Menge Konkurrenz von Mädchen, die hübscher als sie aussehen und wäre bestimmt froh, wenn mal ein Typ kommen würde, um sie zum Tanz aufzufordern.

„Na, ihr zwei Süßen? Hat einer von Euch beiden Lust auf ein bisschen Spaß mit mir?", fragte das

28

Mädchen aus der Nachbarschaft plötzlich und lächelte uns an.

Mit solchen Worten hatte uns noch nie im Leben eine Nachbarin angesprochen. Wir erschraken glatt. Wow! Wenn das in der Disco mal ein Mädchen zu uns gesagt hätte, dann hätten wir sofort einen Ständer gekriegt, hätten ihr Sekt spendiert und uns den ganzen Abend um sie gekümmert.

Aber hier im Puff war es irgendwie anders. Wir mussten sie nicht erobern. Einer von uns hätte nur eintreten müssen und schon wäre es mit Sex losgegangen. Brutal schnell.

„Nee, danke, wir wollten nur mal gucken.", stammelte ich und schob Peter an, dass wir weitergehen.

„Ich wart hier auf Euch!", flötete die Nachbarin und wir flüchteten weiter. So eine Anmache von einem Mädchen waren wir Männer nicht gewohnt und sie machte uns glatt nervös.

# Die attraktive, stolze Dame

Auch die nächste Zimmertür stand offen. Drinnen saß eine Frau auf der Bettkante des breiten Bettes und blätterte in einer Illustrierte für Frauen.

Auch diese Frau war Ende zwanzig, hatte schwarze Dessous an. Da sie auf der Bettkante saß, und nicht wie die andere auf dem Bauch lag, konnten wir ihre leicht bekleidete Figur besser sehen. Sie hatte schulterlange, schwarze Haare und eine wohlproportionierte Figur. Normal. Wie eine Baywatch-Fackel sah auch sie nicht aus. Aber ganz schön attraktiv. Sie wirkte ziemlich selbstbewusst, so gerade wie sie auf der Bettkante saß.

Als sie merkte, dass Peter und ich in der Tür standen und sie ansahen, legte sie die Zeitschrift zur Seite und sprach uns an:

„Hallo, wie geht's Euch? Habt ihr Lust?"

Um uns Lust zu machen, lehnte sich leicht nach hinten, stützte sich dabei mit ihren Händen ab und gewährte uns freie Blicke auf ihren schönen Oberkörper. Ihr normalgroßer Busen wurde von einem schwarzen BH gehalten. Ihre langen Beine hatte sie eng aneinanderliegend weit von sich gestreckt. Nein, sie war keine Fackel, aber so wie sie da lag, sah sie verdammt gut aus.

Ob wir Lust hätten, hatte sie uns gefragt. Wow. Flirten brauchte man hier im Puff wirklich nicht. Der Sex war im Angebot zum sofortigen Kauf. Was uns störte war, dass wir uns sofort entscheiden mussten. Ohne die Frau überhaupt zu kennen, ohne ein bisschen mit ihr sprechen zu können, um festzustellen, ob man sich überhaupt sympathisch war. Jetzt einfach reingehen? Nee, das konnten wir nicht.

Ohne der schönen Frau zu antworten, machte ich kehrt und flüchtete zurück ins Treppenhaus, ohne in die anderen Zimmer auf dem Gang dieses Stockwerks hineinzusehen. Bestimmt hätten wir noch 5 weitere Mädchen auf ihren Betten gesehen.

„Mensch Siggi", sagte Peter, „wieso bist du nicht weitergegangen? Da waren doch noch mehr Zimmer."

„Ich weiß. Aber wenn wir am Ende des Flurs angekommen wären, dann hätten wir an allen, an denen wir vorbei sind, auf dem Rückweg wieder vorbeilaufen müssen. Ich muss das jetzt erst mal verdauen, was wir gesehen haben.", sagte ich und zündete mir eine Zigarette an.

„Irgendwie geil.", sagte Peter. „Die sind schon halb ausgezogen und liegen schon auf dem Bett. Musst nur reingehen, schon hast du Sex."

„Ja. Aber auch irgendwie zu einfach. Man muss ja nicht mal flirten und miteinander lachen. Einfach so reingehen und es geht los. Irgendwie muss ich doch scharf auf die Frau werden, aber dazu hast du ja irgendwie keine Zeit.. Geil bin ich an der Tür jedenfalls nicht geworden.", sagte ich.

„Ja. Ist komisch. Da ist man schon so nah dran, die Mädels in sexy Dessous, aber man wird nicht geil."

„Das ist bestimmt, weil wir noch nie hier waren und wir zu aufgeregt sind. Wir sind einfach noch nicht cool genug für diese Atmosphäre. Wir müssen noch n bisschen rumlaufen und uns dran gewöhnen."

„Auf, ins nächste Stockwerk.", sagte Peter und ging voran.

# Die hässliche Fettsau-Bombe

Auf der nächsten Etage befanden wir uns in der gleichen Situation. Wir gingen den Gang hinunter und manchmal war ein Zimmer links oder ein Zimmer rechts geöffnet und man konnte hineinsehen. In die nächsten drei Zimmer schauten wir nur kurz im Vorbeigehen hinein, so dass die Mädchen keine Zeit hatten, uns überhaupt anzusprechen.

Im nächsten Zimmer, vor dem wir stehen blieben, stand ein blondes, langhaariges Mädchen im Bikini vorm Waschbecken und schminkte sich im Spiegel.

Sie hatte fette Oberschenkel und einen noch fetteren Arsch. Sie war erst Mitte zwanzig, recht groß und total übergewichtig. Unpassenderweise hatte sie einen Bikini an, der mindestens zwei Nummern zu klein für ihr vieles Fett war.

Die war so abartig anders, dass ich einfach stehen bleiben und gucken musste.

Sie stand seitlich zu uns, konzentrierte sich darauf, ihren Lippenstift korrekt zu ziehen. Ihre langen, blonden, auf Volumen geföhnten Haare und der knallrote Lippenstift wirkten absolut nuttig.

Das Bikini-Oberteil war viel zu klein und ihr fetter Busen quoll mehr raus als er drin war. Als sie uns sah, legte sie den Lippenstift zu Seite und nahm Kurs auf uns.

Wir standen vor der Tür und ich sah eine halbnackte Dampfwalze mit rotem Mund auf mich zurollen. Ich erstarrte vor Schreck und konnte nicht flüchten. Ihr schwerer, fetter Busen sprengte fast das Oberteil und ich fürchtete und hoffte, dass die Monstertitten gleich aus dem Bikini plumpsen würden. Es war schrecklich und faszinierend zugleich. Wow, so was ordinäres, fleischiges hatte ich noch nie gesehen. Und doch strahlte dieses Monster 100% Sex aus. Nee, eher perversen Porno für Fettsüchtige.

Jetzt stand sie vor mir. Mit ca. 175 cm Körpergröße und ihren verdammt hohen Schuhen war sie ein paar Zentimeter größer als ich und bestimmt hatte sie wegen des Gewichts ihrer fetten Arschbacken und ihres Monster-Busens garantiert 40 bis 50 Kilo mehr Fleisch am Körper als ich.

Da schlang sie beide Arme um meinen Hals und ehe ich mich wehren konnte, drückte sie meinen Kopf, Nase voran, zwischen ihre Monstertitten und sagte:

„Na, schöner Mann? Wie gefällt dir das?"

Ich steckte mit meiner Nase genau zwischen ihren Titten und die Fleischberge ihrer Brüste spürte ich an meinen Wangen. Ich kriegte kaum noch Luft. Da wackelte sie kräftig mit ihren Brüsten, so dass sie mir um die Ohren klatschten und ließ mich wieder los.

Sie trat einen Schritt zurück, stemmte ihre Hände in die Hüften und nahm die Pose eines Fotomodells ein, das versucht, sexy dazustehen. Der Mini-Bikini war bei der Aktion leicht verrutscht und eine ihrer Brustwarzen hing frei sichtbar aus dem Oberteil heraus.

Sie vereinte absolute Widersprüche zu einer Mischung aus dem, was ich wollte und dem, was ich nicht wollte.

Einerseits steh ich auf große Frauen, große Busen und junge, wenn möglich blonde Mädchen. Das konnte sie mir eigentlich bieten. Andererseits bin ich Ästhetiker und wünsche mir sexy Fackeln, die aussehen wie die Models auf den Postern in den Männermagazinen.

Und hier hatte ich eine nie zuvor gesehene Mischung: Hässlich fett, das Gegenteil von einem Model, aber jung und blond und sie sagt zu mir altem Typ: „Schöner Mann, wie gefällt dir das?"

Schöner Mann! Ich? Das hatte ja noch nie eine zu mir gesagt. Aber im Vergleich zu ihrer Hässlichkeit war ich tatsächlich attraktiver als sie.

„Was ist jetzt, schöner Mann? Traust du dich?", fragte mich die sexgeladene Fettsaubombe.

Ich rang nach Luft und wusste echt nicht was ich sagen sollte. Traust du dich, hatte sie gesagt. Ich mutiger Macho würde mich nicht trauen? Sie provoziert mich, und unterstellt mir indirekt ich wäre ein Feigling? Ich müsste jetzt zu ihr reingehen und ihren fetten Körper mal richtig durchvögeln und ihr zeigen, wer sich ne große Klappe erlauben kann!

Da spürte ich einen kräftigen Griff an meiner Jacke und Peter zog mich mit einem Ruck weg von der Tür, raus aus dem Magnetfeld dieser Fettsaubombe mit dem riesigen Atombusen, diesem tonnenschweren Explosionsgemisch.

Ich war noch ganz benommen von diesem Erlebnis, das vielleicht nur 2 Minuten gedauert hatte, da stand ich schon vor der nächsten Türe, zu der mich Peter gezerrt hatte.

## Das süße Bambi-Model

Da fiel mein Blick auf ein schlankes Reh, die sah so lieb aus, wie Bambi auf der Heide. Sie war ein goldiges Mädchen mit großen Rehaugen, einer frechen Kurzhaar-Frisur, vielleicht Anfang 20, über fünfzehn Jahre jünger als ich. Auch sie hatte einen Bikini an, der passte aber wie angegossen und betonte ihre bildschöne Figur. Endlich ein Top-Model!

Sie lehnte lässig im Rahmen ihrer Zimmertüre, die Arme unter ihrem jungen Minibusen gekreuzt.

Amüsiert schmunzelte sie über die Szene, die sie gerade mitverfolgt hatte.

Ich starrte ihr in die großen Bambi-Augen und war schon wieder fasziniert und magnetisiert. Diesmal war es nicht eine perverse Hässlichkeit, die mich in den Bann zog, sondern diese unschuldige Schönheit, die ich hier im Laufhaus nie erwartet hätte.

„Wow, bist du schön.", entfuhr es mir.

„Danke, der Herr.", sagte sie und fuhr fort: „Haben Sie Lust einzutreten? Nur 50 Mark für 15 Minuten."

„Nur 15 Minuten?", entgegnete ich. „Die brauch ich fürs Vorspiel und dann noch mal 45 Minuten."

„Eine Stunde, sehr gerne. Das würde dann 400 Mark kosten, alles inklusive, außer Küssen, Anal, Bukkake oder sonstige ausgefallene Extras. Natürlich mit Kondom.", erklärte sie freundlich.

„Wieso ohne Küssen? Küssen ist doch kein ausgefallenes Extra?"

„Hier schon. Küsse bekommt nur mein Freund. Das hier ist Geschäft, das sollten Sie aber wissen."

„Apropos Geschäft. Eine Stunde hat 4 mal 15 Minuten, 15 Minuten kosten 50 Mark. Also dürfte eine Stunde nach Adam Riese und Eva Zwerg aber nur 200 Mark kosten und nicht 400.", rechnete ich vor.

„Wie oft waren Sie schon bei einer Prostituierten, wenn ich fragen darf?", entgegnete das professionelle Rehlein.

„Ehrlich gesagt noch nie. Wir beide sind heute zum ersten Mal hier.", gestand ich.

„Dann gehen Sie bitte weiter. Ich mach nichts mit Anfängern.", sagte das unschuldig wirkende Bambi und wandte sich ab und zog sich in ihr Zimmer zurück.

Verdutzt standen Peter und ich in der Tür und sahen, wie sich das goldige, hübsche Mädchen mit den treuen Bambi-Augen auf den Bettrand setzte. Sie setzte sich bequem für die lange Wartezeit, bis wieder einer käme, der interessiert an ihr wäre.

Anfänger hatte sie mich genannt! Anfänger! Ich, der bestimmt schon 100 Frauen in seinem Leben in allen Stellungen geliebt hatte, inklusive Bukkake und sonstiger ausgefallener Extras! Ich bin 15 Jahre älter als dieses Bambi und sie nennt mich Anfänger?! Ich kochte innerlich vor Wut. Ich wollte rein zu ihr und ihr zeigen, wer hier ein Anfänger wäre. Sie oder sie. Koste es, was es wolle. Peter würde mir bestimmt seine 200 Mark leihen, jeder von uns hatte ja 200 mitgenommen. Ich wollte sie bumsen und lecken, bis sie abspritzt und meinen Namen beim Orgasmus schreit. Siggi! Siggi! Aufhören! Ich kann nicht mehr!

„Entschuldigung, aber wieso glaubst du, dass ich Anfänger bin?", sagte ich von der Tür aus zu Bambi, die desinteressiert auf dem Bett saß.

„Guter Mann, Sie haben selbst gesagt, dass Sie noch nie bei einer Prostituierten waren. Sie sind hier im Puff. Das erste Mal. Also sind Sie Anfänger."

„Na und?", entgegnete ich. „irgendwann ist immer das erste Mal. Wieso machst du nix mit Anfängern?"

„Die Anfänger haben immer Probleme und ich hab keine Lust auf Probleme."

„Was für Probleme? Ich bin potent, du bist hübsch, ich sehe da keine Probleme."

„Der Sex hier ist anders als mit einer Freundin. Du wirst Probleme beim ersten Mal im Puff haben, glaub mir. Und ich will die nicht haben, deine Probleme."

„Das musst du mir aber genauer erklären. Ich hab auch schon Sex ohne Liebe mit Nicht-Freundinnen gemacht, ohne Probleme. Wieso soll ich also hier im Puff Probleme beim Sex ohne Liebe haben?"


Das konnte ja nicht wahr sein, dass mir das Rehlein auf der Heide sagt, ich hätte Probleme mit dem Sex ohne Liebe. Das war doch genau mein Macho-Ding!

„Ich diskutiere das nicht. Bitte gehen Sie weiter, und stehen Sie nicht vor meiner Tür. Ich muss arbeiten."

„Nein, ich will das jetzt aber wissen. Ich gehe nicht, bevor du mir erklärt hast, wieso der Sex im Puff anders ist, als draußen. Erklär mir es mit Worten, oder lass mich rein und zeig mir diesen anderen Sex."

Trotzig nahm ich eine stabile Stellung ein und lehnte mich in der Tür stehend an den Türrahmen.

Statt zu antworten, beugte sich das kleine Bambi nach hinten aufs Bett, streckte ihr Ärmchen und drückte einen Lichtschalter an der Wand.

Plötzlich ertönte in der Ferne, wohl im Erdgeschoss, eine Sirene und ein Warnlicht blinkte wie ein blaues Martinshorn der Polizei, allerdings in Rot. Das rote Alarmlicht blinkte genau über meinem Kopf, über der Tür, in der ich stand.

„Hast du das angeschaltet? Was soll denn das jetzt bedeuten?", fragte ich.

„Probleme. Wirst du gleich haben.", sagte die Kleine in aller Ruhe, stand auf und kam zu mir an die Tür.

Ich kapierte gar nichts. Wieso kam Bambi plötzlich wieder zu mir? Was für Probleme sollte ich gleich haben?

Aber da sah ich die Probleme auch schon auf mich zukommen. Ein circa 2 Meter großer Hüne vom Typ Hulk Hogan in schwarzer Lederjacke mit alt-deutscher Symbolschrift und Totenkopflogo stürmte mit einem Baseball-Schläger auf Peter und mich zu und holte schon aus, um uns beide fertig zu machen.

Das Adrenalin schoss mir durch den Bauch und ich dachte, mein letztes Stündlein wäre gekommen. Schädelbruch und Krankenhaus war das mindeste, was ich gleich an Problemen kriegen würde.

Da sprang das kleine Rehlein aus der Tür und warf sich lebensrettend vor mich, riss die Arme schützend vor mir hoch wie ein Polizist, der den Verkehr anhält. Gleichzeitig schrie sie mit kreischender Stimme, so laut es ging dem angreifenden Hulk zu:

„Kein Stress! Kein Stress! Kein Stress!"

Der Hulk stoppte seinen Lauf, ließ den Baseball-schläger sinken und schnauzte meine Retterin an: „Wieso drückst du Alarm, wenn kein Stress ist? Welcher ist es? Stimmt deine Kohle?"

„Kein Stress, Mischa.", beschwichtigte die Kleine. „Der da wollte nur nicht von meiner Tür weggehen und hat diskutieren wollen. Sonst war nix." Dabei zeigte sie auf mich.

Mischa, der Hulk, ging auf mich zu und schon hatte er den Baseballschläger um meinen Hals gelegt und nahm mich damit in den Schwitzkasten. Mir blieb fast die ganze Luft weg und ich stand gebückt neben dem Riesen und konnte mich keinen Mucks mehr rühren.

„Und was ist mit dem anderen?", fragte Mischa.

„No Stress. Aber die sollen jetzt beide gehen.", sagte das unschuldig wirkende Rehlein auf der Heide, diese Modelschönheit, die mich immer so höflich gesiezt hatte, und mir im Puff einen Korb gegeben hatte, weil ich ein Anfänger war.

Hulk Mischa entließ mich aus dem Schwitzkasten und versetzte mir mit seiner flachen Hand einen Stoß vor die Brust, dass ich rücklings gegen die Wand krachte.

Jetzt griff er mit nur einer Hand nach Peters Lederjacke und schleuderte ihn mit Schwung den Gang runter, Richtung Treppenhaus.

Dann war ich dran. Jetzt warf er mich mit einem kräftigen Zug an meiner Jacke in Richtung Ausgang. Ich hatte Mühe, nicht nach vorne auf den Flur zu stürzen, so kräftig hatte mich der Hulk nach vorne katapultiert. Mischa trieb uns mit seinem Baseball-schläger in der Hand vor uns her.

Als ich vor dem Zimmer der fetten Sexatombombe vorbeikam rief sie mir zu: „Hey, du traust dich ja doch was!"

„Schnauze, du Fettsau!" antwortete ihr Mischa.

„Und ihr habt Hausverbot.", sagte Hausmeister Mischa zu uns, als wir unten im Erdgeschoss vor seinem Zimmer angelangt waren.

„Lasst euch hier nicht mehr blicken, sonst...", und er schlug den Baseballschläger in seine geöffnete Hand und wartete kontrollierend, bis wir wirklich das Haus verlassen hatten.

Peter und ich standen auf der Strasse, vorm Lauf-haus in der Taunusstrasse und waren fix und fertig. Nicht körperlich, sondern psychostressmäßig. Ich brauchte sofort eine Beruhigungs-Kippe und zün-dete mir eine an.

„Darauf erst mal ein kaltes Bier.", sagte ich nur.

In der nächsten Kneipe setzten wir uns an den Tre-sen und schon zündete ich mir die nächste Zigaret-te an. Endlich standen die Flaschen mit dem kalten

Bier vor uns. Wie das zischte! Dann sagte ich zu Peter:

„Peter, ist dir klar, dass wir eben hier in einer halben Stunde mehr Abenteuer hatten, als im ganzen letzten Jahr in Mannheim in den Discos?"

„So kann man das auch sehen."

„Peter, was wir eben erlebt haben, das war doch genial!. Wir hatten innerhalb kürzester Zeit die Auswahl aus Typ nette Nachbarin von nebenan, schöne Dame, Fettsau mit Atombusen und ganz süßem Bambi. Und alle hätten wir sofort bumsen können!"

„Nee, die die du Bambi nennst, die hättest du nicht bumsen dürfen. Du Anfänger!", lachte Peter.

„Aber wenn ich nicht verraten hätte, dass wir das erste Mal hier sind, dann hätte es geklappt."

„Was hat sie gesagt? Wir kriegen Probleme, weil der Sex anders ist, als wir mit Freundinnen gewohnt sind? Hab ich das richtig verstanden?", fragte Peter.

„Ja, das hat sie gesagt, aber das kann ja nur Schwachsinn sein. Klar, Freundinnen lieben einen, da ist der Sex anders. Aber wir haben doch auch schon Sex ohne Liebe gemacht. Mit irgendwelchen Aufrissen an Fasching oder im Urlaub. Wie kommt die drauf, dass wir Anfänger sind und Probleme kriegen?", erklärte ich Peter.

„Na ja, Probleme hatten wir ja auch schon in der ersten halben Stunde. Mit dem Alarm und dem Hausmeister. Und das sogar, ohne dass wir gefickt haben. Hausverbot nach 30 Minuten ohne Ficken."

„Ja. Und wie die Bambi mir das Leben gerettet hat! Geil war das! Mann, wie ich Abenteuer liebe."

„Aber nur, wenn sie gut ausgehen.", ergänzte Peter.

„Ist ja gut gegangen.", sagte ich und fuhr fort:

„Und wir haben, glaub ich, was Wichtiges gelernt: Mit Huren diskutiert man nicht. Zahlen, Ficken, keine Diskussionen, keine Probleme. Immer wenn zuviel gequatscht wird, gibt's Probleme. Frauen widerspricht man nicht, die wollen immer das letzte Wort haben. Wie im normalen Leben, so auch hier im Rotlichtviertel. Amen."

„Und dafür müssen wir auch noch Geld zahlen."

„Hä, hä. Aber dafür wollen sie alle, dass wir zu ihnen reinkommen und mit ihnen ins Bett gehen. Wir haben freie Auswahl, keine sagt nein. Schöner Mann, hat sie zu mir gesagt, die Hässliche, ha ha ha. Und süße Jungs, hat uns gleich die Erste genannt, die Nette, die auf dem Bauch gelegen hat."

„Siggi, wir haben aber trotzdem noch ein Problem."

„Welches?"

„Wir haben immer noch nicht gefickt, Siggi."

„Richtig. Und deshalb werden wir das jetzt im nächsten Laufhaus tun. Und danach sind wir keine Anfänger mehr, sondern Insider. Wie viel Bier hast du noch in deiner Flasche?"

Peter hob die Flasche hoch und sah nach.

„Trink aus, Peter, wir müssen jetzt Ficken gehen."


## Im Roten Haus

Wir gingen die Taunusstrasse entlang, bis zur nächsten Kreuzung. Genau an der Ecke, wo es zur Elbestrasse reinging, da war ein hohes Haus, dessen Fassade war mit knallrot leuchtenden Neonröhren verziert. Es sah viel einladender und professioneller aus, als das Haus in dem Peter und ich gerade gewesen waren.

Wir traten ein und sahen sofort, dass wir in einem Eingangsbereich waren, der nichts bot, außer der Möglichkeit wieder Treppen nach oben zu steigen.

Im ersten Stockwerk angelangt, konnten wir uns entscheiden, entweder in den Flur rechts, oder den anderen Flur links hinunter zu gehen. In jedem der beiden Flure waren circa 10 Zimmer, 5 auf jeder Seite des Flures. Auf einem einzigen Stockwerk waren hier also circa 20 Damen des Gewerbes, die uns zur Auswahl standen.

„Wow, wie viele Zimmer hier sind, auf nur einem Stockwerk!", sagte Peter.

„Ja, und stell dir vor, das ist erst das erste Stockwerk! Die haben hier 6 Stockwerke! Da sind ja über 100 Mädchen in diesem Haus!", rechnete ich vor und ergänzte: „Und die gucken wir uns jetzt alle an!"

„Geht nicht.", stellte Peter fest. „Viele Zimmer haben geschlossene Türen. Da sind keine Mädchen drin oder die machen gerade Pause."

Da ging eine geschlossene Zimmertür auf, und ein Mann kam aus dem Zimmer heraus. Kaum zur Tür raus, drehte er sich noch mal um und zeigte dem Mädchen den Stinkefinger.

Das Mädchen, bei der er gewesen war, kam an die Tür, sagte zu ihm: „Verpiss dich!" und knallte ihm die Tür vor der Nase zu.

„Was war denn?", fragte ich den Mann, als er gerade an mir vorbeigehen wollte.

„Das Übliche. Geht bloß nicht zu der rein.", sagte er nur und ließ uns unwissend stehen.

„Scheiße, was ist das Übliche?", sagte ich.

„Vielleicht hat deine Bambi Recht, wenn sie sagt, wir sind Anfänger und würden Probleme haben."

„Der Mann eben hat aber gesagt, er hätte was Übliches erlebt und er hatte auch Probleme. Wir müssen jetzt unbedingt rausfinden, was das Übliche ist."

„Und auch übliche Probleme haben?", fragte Peter.

„Quatsch. Ich hatte noch nie Probleme mit Sex. Der Typ muss andere Probleme mit der Tussi gehabt haben. Los, lass uns in die offenen Zimmer sehen."

„Wollen wir nicht einfach einen von den anderen Männern fragen, die hier rumlaufen und die schon öfter hier waren?", schlug Peter vor.

Tatsächlich war das Laufhaus gut besucht. Peter und ich waren nicht die einzigen Männer, die hier waren. Ständig kamen Männer die Treppe herauf oder die Treppe vom oberen Stockwerk wieder herunter. Auch auf den Fluren waren immer zwei bis drei Männer unterwegs, die wie wir entlang schlenderten und in die Zimmer hineinsahen.

Die Männer waren nicht fett, schmierig und hässlich, wie man sich üblicherweise Typen vorstellt, die es nötig haben, in den Puff zu gehen. Es waren Typen wie Peter und ich, die meisten in unserem Alter oder etwas älter. Aha, dachte ich, die haben auch aufgegeben die Lolitas in den Discos erfolglos anzumachen und kommen jetzt hier her. Scheint also ganz normal zu sein, dass Männer ab 40 in den Puff gehen.

„Hallo, darf ich Sie mal was fragen?", sprach ich einen der Männer an.

Der Mann schaute mich eine Sekunde an und ging dann aber schnell weiter. Ich sprach noch einmal einen Mann an, aber der reagierte genau wie der andere.

„Die sind alle inkognito hier und wollen am liebsten gar nicht hier sein oder nicht entdeckt werden oder nicht darüber sprechen.", stellte ich fest.

„Mist, dass es keine Internetforen gibt, wo man sich mal informieren könnte.", sagte Peter.

„Das wäre ne gute Geschäftsidee. Wo man anonym andere Leute fragen könnte, was sie erlebt haben. Das müsste mal einer machen."

„Aber bis jetzt haben nur wenige Leute Internet, das hat doch gerade erst angefangen. Kaum einer hat Internet, weil das surfen so teuer ist."

„Willst du hier im Puff ein Start Up Unternehmen gründen und einen Business-Plan machen, ohne dass du je hier gefickt hast, Peter? Hör auf zu quatschen, wir müssen jetzt ficken. Wir sind noch keine

Insider und wissen nicht, was das Übliche hier ist. Los geht's, Attacke!"

Mutig zogen wir los und blieben vor dem nächsten Zimmer stehen, das offen war.

Wir sahen ein Mädchen Mitte zwanzig auf dem Bett sitzen, die in einer Zeitschrift las und keine Notiz von uns nahm.

Auch gut. Sie war keine Granate gewesen, wir zogen weiter. Auch im nächsten Zimmer saß eine auf dem Bett, die ungefähr das gleiche Alter hatte und desinteressiert an Kundschaft ihre Nägel lackierte.

Wir gingen weiter und weiter, auch in die nächst höheren Stockwerke und schauten in alle offenen Zimmer hinein. Drinnen waren immer leicht bekleidete Frauen, die zwischen 25 bis 30 Jahre alt waren.

Richtig süße Bonbons oder granatenscharfe Sexbomben waren nicht darunter. Aber die Twens, die alle gerade beim Lesen, TV sehen oder beim weibertypischen Schminken oder Kämmen waren, sahen schon gut ganz gut aus. Super-Models waren zwar wenige dabei, aber das Laufhaus bot quasi die gleiche Auswahl an Frauentypen, die man auch in der Disco treffen konnte. Mit einem Unterschied: Hier waren sie alle spärlich in Dessous oder Bikinis gekleidet und allesamt bereit für Sex. Gegen Geld.

Als wir im obersten Stockwerk angekommen waren und tatsächlich bestimmt schon über 50 halbnackte Frauen gesehen hatten, blieb ich stehen und zündete mir eine Zigarette an.

„Jetzt muss aber mal was passieren.“, sagte ich.

„Ja. Übrigens, Siggi, haste das bemerkt? Wir wurden kaum angesprochen in diesem Haus. Die haben höchstens mal Hallo gesagt.“

„Stimmt. Liegt vielleicht daran, dass hier so viele Männer wie wir rumlaufen. Da machen sich die Mädchen nicht mehr die Mühe. Wer was will, spricht die Mädchen an, hab ich gesehen. Dann reden die ein bisschen an der Tür, und dann gehen die Männer rein, und die Tür geht zu.“

„Das heißt, hinter jeder geschlossenen Tür, an der wir vorbeikamen, wurde gerade gefickt?“

„Wow. Jetzt wo du's sagst! Hier wird ja gefickt ohne Ende! Fast jede dritte Tür war zu!“, sagte ich.

„Und wir sind immer noch ungefickte Anfänger.“, jammerte Peter.

„Das müssen wir ändern. Wir gehen jetzt in die nächste Strasse, gleich um die Ecke, da schauen wir uns noch ein Laufhaus an und dort bumsen wir dann eine.“

Wir gingen die sechs Stockwerke des Roten Hauses wieder hinunter und auf der Strasse dann, bogen wir in die Elbestrasse ein. Im ersten Haus war eine große Stripteasebar, aber gleich das zweite Haus war ein Laufhaus. Alle Fenster des Hauses, bis hinauf in den 6. Stock, waren grün beleuchtet.

Auf der gegenüberliegenden Straßenseite waren noch zwei solche Häuser. Auch hier waren alle Fenster bis zu den obersten Stockwerken irgendwie grell beleuchtet.

„Mit welchem Haus fangen wir an? Diesem hier, oder den beiden auf der anderen Straßenseite?", fragte ich.

„Auf der anderen Straßenseite sind nur zwei Laufhäuser, auf dieser hier sind sogar noch mehr. Schau Siggi, die ganze Straßenseite hat Häuser mit Fenstern, die bunt leuchten."

„Komm wir gehen erst mal die Strasse runter und schauen, wie viel Häuser hier sind.", schlug ich vor.

Wir gingen die Elbestrasse entlang und kamen an 4 großen, mehrstöckigen Laufhäusern vorbei, bis wir am Ende des Straßenabschnittes beim 5. Laufhaus, Hausnummer 55, angelangt waren.

„Ohne sie gesehen zu haben, sind wir eben glaub ich an 1000 Mädchen vorbeigegangen, die alle bereit gewesen wären, mit uns zu ficken.", sagte ich.

„Sofern sie uns Anfänger reinlassen", frotzelte Peter.

„Du wirst noch genug ficken, Peter. Aber ich will mir noch n paar hundert von den Gretels angucken."

„Ohjehmineh, ich bin jetzt schon müde vom vielen Laufen. Und jetzt schon wieder Treppen steigen?"

„Klar du alter Knacker, ohne Fleiß, kein Preis."

## KOMM ins Laufhaus Leierkasten

Wir gingen die Strasse wieder in bisschen zurück und dann in ein Haus, das uns wegen der großen Eingangspforte besonders aufgefallen war. Das Haus nannte sich Leierkasten. Da steht „KOMM!"

Der Leierkasten war ein riesiges Laufhaus, das einem Labyrinth glich. Kaum warn wir durch die breite Pforte, sahen wir das große Hausmeister-Zimmer.

Die Tür stand zufällig offen und wir konnten den Blick auf eine große Schaltzentrale werfcn, mit vielen Fernsehapparaten, die schwaz-weiß Bilder von Fluren und Treppenhäusern zeigten, soviel konnten wir erkennen.

Vor den Bildschirmen saßen mindestens vier furchteinflößende Bodybuilder, mit denen sich bestimmt niemand anlegen will. Da wurde die Tür auch schon wieder von einem uns grimmig ansehenden Schlägertyp geschlossen.

„Wow. Die haben hier Überwachungskameras auf den Fluren und bei Stress rennen die mit Baseball-Schläger gleich ins richtige Stockwerk.", sagte ich.

„Wie wir Anfänger es ja schon selbst erlebt haben.", erinnerte Peter.

„Hör jetzt endlich auf mit deinem ewigen Anfänger-Gelaber. Das dauert jetzt nur noch ein kleines bisschen, dann haben wir diesen Status hinter uns."

„Okay. Welchen Treppenaufgang nehmen wir?"

Wir standen in einer Art Hof. Von hier gab es tatsächlich circa 4 bis 5 verschiedene Aufgänge in verschiedene Gebäudeteile des großen Hauses.

Wir entschieden uns, geradeaus zu laufen und mussten wieder ein paar Stufen nehmen, um in einem Flur zu landen, den wir wieder rechts oder links runter gehen konnten.

# Lon. Die Fackel-Asiatin

Gleich die erste Prostituierte, die ich sah, raubte mir den Atem und ein Adrenalinstoß durchzuckte meine Bauchgegend. Eine Asiatin saß sexy, im Minikleid, mit übereinander geschlagenen langen Beinen auf einem Barhocker in ihrer Zimmertür. Ein Schneewittchen, mit schneeweißer Haut und pechrabenschwarzem Haar, das so dermaßen lang war, dass es ihr bis über den Po fiel. Sie war fast so groß wie ich, hatte Bambi-Augen aber in Mandelform und ihr Busen war mindestens so groß und schön wie der von Pamela Anderson. Die absolute Ober-Granate, die Märchenprinzessin aus dem Land des Lächelns, die jeden Königs-Prinz verzaubern kann. Ich blieb wie angewurzelt vor ihr stehen.

Ohne ein Wort zu sagen, legte sie ihren Kopf leicht zur Seite, sah mich verführerisch an. Dabei lächelte sie so eigenartig erotisch mit leicht geöffnetem Mund, wie ich es noch nie im Leben gesehen hatte.

Ich war fasziniert. Nie hatte ich so eine Schönheit in einer Disco gesehen. Ich konnte mich auch nicht daran erinnern, je so eine schöne Asiatin in einem PLAYBOY-Magazin abgebildet gesehen zu haben. Fotos von Thailänderinnen in Männermagazinen hatte ich schon gesehen. Die hatten kleine Brüste und waren süß und niedlich.

Aber diese hier, die war die heißeste Fackel von allen Asiatinnen, nein, von allen Frauen auf dieser Welt, die ich je gesehen hatte. Und sie saß nur einen Meter vor mir und lächelte mich an. Ich versank mit meinem Blick in ihren Augen, mich ärgernd, dass ich nicht gleichzeitig ihren Traumbusen und Traumkörper sehen konnte. Sie kippte gerade lächelnd den Kopf auf die andere Seite um mich noch mehr zu verwirren, da zog mich Peter am Ärmel und raunte:

„Da sind noch mehr von der Sorte!"

Benommen wandte ich mich von der Asiatin ab, schaute aber sofort einmal zu ihr zurück. Sie lächelte und winkte mir sexy hinterher, wie nur Göttinnen winken können.

Peter zog mich am Ärmel der Lederjacke hinter sich her, wie ein Kind, das ständig zurückblickt, ins Schaufenster vom Spielzeugladen, von dem es nicht weg möchte.

Schließlich verlor ich die Fackel-Asiatin aus den Augen und sah wieder nach vorne, in ein Zimmer hinein. Da saßen zwei Asiatinnen vom gleichen Fackel-Kaliber auf dem Bett und schnatterten in kindlicher, Thailändischer Sprache miteinander.

Als sie Peter und mich vor der Türe sahen, standen beide gleichzeitig auf, zuppelten ein bisschen an ihren viel zu kurzen Miniröckchen, damit sie nicht

56

den ganzen Blick auf ihre Slips freigaben und bewegten sich graziös auf ihren 20 Zentimeter hohen Stöckelschuhen auf uns zu.

Ich bin heute noch froh, dass ich erst 39 junge Jahre alt war, als zwei solche Fackeln lächelnd und zu Sex einladend auf mich zuliefen. Wäre ich schon 50 gewesen, dann hätte ich bestimmt einen Herzinfarkt bei diesem Anblick erlitten, denn schon wieder schien mir das Herz stehen zu bleiben.

„Hello handsome man! Youuu want fuck meeeh?", flötete die eine der beiden und strich mir mit der Hand übers Haar.

Die andere der Asia-Fackeln fasste dem Peter direkt zwischen den Beinen in den Schritt an seine Eier und hauchte mit verruchter, tiefer Stimme:

„I want fuck youuuhh!"


Ich musste schlucken und trotzdem schien mir der Kloß im Hals stecken zu bleiben. Ich schaute Peter an und er schaute mich an. Als ich wieder Worte finden konnte, sagte ich zu ihm:

„Ich mach's jetzt. Wir treffen uns gleich wieder im Cafe Elbe, das wir neben  dem Eingang gesehen haben, okay?"

„Okay. Ich nehm die da.", stotterte Peter, der genauso durcheinander war wie ich.

„Und ich die da vorne", sagte ich. Dann drehte ich mich um, und ging zurück zu der Asia-Fackel, die mir als erste den Adrenalinstoß und das Herzrasen verursacht hatte.

Als meine Asia-Fackel sah, dass ich wieder zurück zu ihr kam, stand sie vom Hocker auf, warf mit einer Kopfbewegung ihr einmeterfünfzig langes, schweres schwarzes Haar nach hinten, legte den Kopf zur Seite, lächelte mich an und reichte mir ihre Hand.

Ohne etwas zu sagen, folgte ich ihr ins Zimmer und sie schloss die Türe hinter sich.

„Wie heißt du?", fragte ich den Asientraum.

„My name Lon. You like me?", entgenete sie.

„Yes, I like you.", stammelte ich.

„No mohnie, no hohnie, you nouh?", sagte sie.

„Yes. How much?", fragte ich.

„80.", sagte sie lächelnd.

„So much?", fragte ich, an die 50 denkend.

„80 not much. Little mohnie, me vely special!"

Ja, sie sah wirklich fantastisch aus. Ich öffnete also meinen Geldbeutel. Darin waren vier Fünfziger. Ich gab ihr 2 davon, erwartete das Wechselgeld von 20.

„Sänk youhh, but sohlly, no have change. I make vely special fol you."

Mist. 50 hatte ich einkalkuliert und schon waren 100 ausgegeben. Egal. Lon, die Miss Asia, war ja soo wunderschön und freundlich war sie auch. Ich tröstete mich mit dem Gedanken, dass ich gleich die schönste Frau meines Lebens bumsen würde.

Jetzt stand ich in dem kleinen Zimmerchen etwas unschlüssig herum und sah, dass Lon meine beiden Fuffies in eine Schublade legte, wo schon einige Fuffies drin waren. Ich zog meine Lederjacke aus und warf sie auf einen keinen Stuhl, den ich sah.

Nachdem sie das Geld verstaut hatte, kam Lon lächelnd auf mich zu, legte einen Arm um meinen Hals, sah mich schmachtend mit ihren Mandelaugen an und griff mir gleichzeitig zwischen die Beine, an mein bestes Stück.

Normalerweise müsste sich bei so einer Aktion mein Schwanz sofort versteifen und freudig erregt sein, aber irgendwie passierte das nicht, obwohl diese Asiatin doch so wunderhübsch war.

Hatte ich etwa Angst, den Ansprüchen dieser Fackel nicht gewachsen sein zu können?

Lon ließ mir keine Zeit, mir groß Gedanken darüber zu machen. Sie ging in die Hocke, öffnete meinen Hosengürtel, zog mir die Hose herunter, bis auf die Schuhe. Dann die Unterhose.

Noch immer in der Hocke, griff sie meinen schlaffen Schwanz mit den Fingern beider Hände und schob die Vorhaut zurück und wieder nach vorne, immer wieder, bis mein Schwanz endlich ein bisschen reagierte.

„Oh, you big cock! I like!", sagte Lon und sah von unten zu mir herauf, mit ihrem asiatischen Lächeln und den tollen Mandelaugen.

Dann ließ sie aber auch schon mein schwach erregtes Stück los und ging zum Nachttischchen.

Ich setzte mich aufs Bett, band die Schnürsenkel meiner Schuhe auf, streifte die Schuhe ab, zog mir die Hose ganz aus und warf sie auf den Stuhl.

Lon stand vor mir, in aller Pracht ihrer Schönheit und öffnete gerade mit ihren Zähnen die Verpackung eines Kondoms, das sie geholt hatte.

Ich wollte gerade mein Hemd aufknöpfen, da hinderte sie mich daran, indem sie mich zurück aufs Bett schubste und begann, mir das Kondom über den halb erigierten Schwanz zu montieren.

Bis zu diesem Tage hatte ich noch nie in meinem Leben ein Kondom tragen müssen und ich kam mir vor wie beim Arzt, der jetzt irgendwas an meinem Schwanz anbringt. Der wurde daraufhin natürlich nicht härter, sondern wieder schlaffer statt geiler.

Lon machte das gar nichts aus. Sie begann nun, das Gummi mit ihrem Mund über meinen Schwanz zu rollen. Natürlich half sie mit ihren Fingern nach, aber es wirkte so, als ob sie mir das Kondom mit dem Mund überstülpte. Immerhin sah ich, dass diese wunderschöne Miss Asia meinen Schwanz im Mund hatte. Es machte mich wieder ein bisschen erregter.

Lon spürte, dass der Schwanz auf ihren Mund reagierte und fing an, meinen Penis kräftig zu blasen, damit er härter würde. Es gelang ihr auch. Da lag ich also rücklings auf dem Bett, die Füße baumelten über die Bettkante und Lon kniete vor dem Bett und blies mir einen. Aber irgendwie hatte ich diese Stellung schon geiler erlebt. Ich musste etwas tun.

Ich richtete mich auf, stand auf, und zog sie hoch, so dass wir wieder voreinander standen. Ich unten ohne, mit Gummi am Schwanz und sie vor mir, in ihrem Minikleid am atemberaubenden Körper.

Ich begann, mein Hemd aufzuknöpfen und sagte:

„Please undress!"

Sie lächelte hinreißend und kam zu mir und half mir, mein Hemd aufzuknöpfen und auszuziehen. Ich warf es zur Lederjacke und der Hose auf dem Stuhl. Lon griff mit beiden Händen von unten mein T-Shirt, das ich als Unterhemd trug und zog es nach oben. Ich musste meine Arme heben, damit sie es mir über den Kopf ausziehen konnte. Ich kam mir vor, wie ein Kleinkind, das von seiner Mutter ausgezogen wird. Sie war nicht sehr erotisch, diese Assoziation.

Jetzt satnd ich nackt, mit einem Gummi am halb erregten Penis vor Lon, dieser Traum-Fackel aus dem Land des Lächelns. Endlich konnte es los gehen. Ich freute mich auf einen schönen, erregenden Striptease, den sie mir nun in dieser kleinen Bude ohne Musik vorführen würde.

„Please undress!", sagte ich also noch einmal.

Statt sich auszuziehen, kam Lon wieder ganz nah auf mich  und schaute mich schmachtend mit ihren Mandelaugen an. Ihr schönes Gesicht war nur 10 Zentimeter vor mir. Ich konnte nicht widerstehen und wollte sie küssen. Sie drehte ruckartig den Kopf weg, legte mir ihren Finger auf den Mund und schüttelte lächelnd den Kopf.

Dann griff sie mir an den Kondomgeschützten Penis und begann ihn wieder hochzuwixchsen. Sie war so wunderschön! Dieser Traumkörper im Minikleid. Diese großen Brüste in diesem Minikleid mit Ausschnitt! Diese meterlangen Haare, die ihr über den Rücken und bis über den Po fielen! Ich wollte sie jetzt endlich bumsen!

„Please undress. I want to fuck you now.", sagte ich.

„Up to youuh." Lon grinste irgendwie komisch, dann trat sie einen Schritt zurück und machte sich unter ihrem Minikleid zu schaffen. Sie zog ihr Höschen aus und warf es auf das Bett.

Ihr Kleid zog sie nicht aus, sondern drehte sich um, und warf ihre langen Haare nach vorne, damit sie ihr nicht mehr über den Rücken fielen. Jetzt zog sie ein bisschen das Minikleid nach oben und bückte sich nach vorne über das Bett. Ich hatte einen herrlichen Blick auf ihre langen Beine und den schönsten kleinen Knackarsch der Welt. Ahh, was für eine Fackel! Da stand sie vor mir, bereit, von mir von hinten in der Doggystyle Position genommen zu werden.

Ich hätte ja lieber einen schönen Striptease gehabt und als Busenfetischist vorher noch ein bisschen ihre schönen Brüste angesehen und geknetet und sie von vorne gebumst, mit Blick auf ihren Oberkörper und in ihre schönen Mandelaugen. Aber Lon wollte halt auf diese Art beginnen. Ich sollte sie von hinten nehmen, im Kleid, spontan, jetzt sofort.

Das hatte auch etwas Erregendes. Eben noch war sie eine mir unbekannte Fackel an der Türe im atemberaubenden Minikleid. Eine Schönheit, an die ich trotz Flirtkünste in der Disco wohl nicht rangekommen wäre. Und 5 Minuten später hält sie mir ihren nackten Knackarsch hin und ich soll sie im Kleid von hinten vögeln. Wow, jetzt war ich geil.

Sie hob ihr Ärschchen noch etwas höher und öffnete ihre Beine etwas mehr und ich trat von hinten etwas näher an sie heran

Meinen Schwanz in der Hand, trat ich noch näher an sie heran, um ihn im nächsten Moment besser in ihre Möse einführen zu können, aber ich fand die Möse nicht sofort. Nur ihr kleines, schönes Arschloch sah ich. Fast hätte ich meinen Schwanz in ihren Anus rein gesteckt, so schön präsentierte sie ihn mir.

Ich streichelte mit meinem gummierten Schwanz ihre Pobacken, fuhr mit ihm über den Anus, weiter nach unten und dachte, er würde nun gleich in die Möse reinflutschen, aber irgendwie fand mein Schwanz die Möse nicht.

Lon griff nach hinten, schnappte sich meinen Schwanz. Zielsicher führte sie ihn zu dem Loch, wo er rein sollte: In ihren Anus! Sie passte meinen Schwanz genau an ihr Arschloch an und erwartete, dass ich in ihren After eindringen sollte! Hey was war denn das? War es das spezial, warum ich 100 statt 50 bezahlen musste? Nein, diesen Spezial-Arschfick wollte ich nicht. Das hatte ich noch nie gemacht, mit keiner einzigen meiner vielen Freundlinnen, die ich je in meinem Leben gebumst hatte. Nein, ich wollte Lon ganz einfach von hinten in ihre Muschi vögeln.

Ich nahm meinen Schwanz wieder selbst in die Hand und verdrehte meinen Oberkörper und Kopf so sehr, dass ich nach unten, zwischen ihre Beine schauen konnte, um die Schamlippen zu sehen, zwischen die ich jetzt meinen Schwanz schieben würde.

Aber statt eines süßen, asiatischen Fötzchens sah ich plötzlich die Hoden eines Mannes! Ich zuckte zurück, als hätte ich einen 1000 Volt Stromschlag gekriegt und taumelte nach hinten.

Lon drehte sich nach mir um und sah mich fragend an: „What happen?"

„You... you... you are a man?!", stammelte ich.

Lon richtete sich wieder auf, drehte sich zu mir, griff nach unten, zog das Minikleid etwas höher, umfasste ihren leicht erregten, kleinen Schwanz, und wedelte damit herum.

„No, me not man. I am Lady Boy, Katoy!"

„Du hast n Schwanz! Scheiße, ein Mann!" rief ich auf Deutsch, so aufgeregt war ich.

„No Man!," protestierte Lon und ergänzte:

„Me LADYBOY. No man!"

Ich riß das Kondom von meinem Penis, schmiß es einfach auf den Boden, schnappte mir so schnell wie möglich meine Klamotten und begann, mich hastig wieder anzuziehen.

„Give me back my money!", sagte ich wütend und noch immer geschockt.

Das Blut raste in meinen Adern vor Aufregung und den riesigen Schreck, aber ich fühlte mich verarscht und wollte meine 100 Mark wieder haben.

„You not know I Ladyboy?", fragte Lon und tat ganz unschuldig.

„Nein, no, I not know! I think you pretty girl, not boy!"

„I am pletty lady. But with cock.", verteidigte sich Lon.

„Cock is cock, is man! My money, please!", sagte ich, inzwischen angezogen, und hielt meine Hand auf, um mein Geld wieder zurückzuerhalten.

„Not my ploblem. You can fuck my ass."

„I don't want to fuck your ass, I want girl with pussy, now give me back my money!" "

„I give you blow-job, no money.", sagte Lon.

„Jetzt rück schon das Geld raus! My money, now!" schrie ich sie an.

Lon sagte nur: „You bettel go now. No stless."

Und sie deutete an einen Klingelknopf, der in Kopfhöhe des Bettes an der Wand angebracht war und wiederholte: „No stless, please!"

Mir fiel Mischa ein, der mit Baseball bewaffnete Hausmeister des anderen Laufhauses und erinnerte mich auch an die Überwachungskameras und die Typen im Kontrollraum des Leierkasten-Laufhauses, die bestimmt sofort zur Stelle waren, wenn ein Mädchen „Stress"-Alarm machte.

Wütend und besiegt war ich, fühlte mich verarscht, beraubt, gedemütigt, hilflos, machtlos. Vor Wut kochend verließ ich Lon, den ersten Ladyboy, den ich je in meinem Leben gesehen hatte.


Durchs Laufhaus, vorbei an den anderen asiatischen Fackeln, die mir das Lächeln ihres Landes zuwarfen und nicht ahnten was mir widerfahren war. Oder doch?

# Im Café Elbe in der Elbestrasse

Als ich im Café Elbe ankam, da saß Peter schon an der Theke und wartete auf mich.

„Wie war's?", fragte er mich.

„Das gleiche wollte ich dich gerade fragen.", knurrte ich. „Komm lass uns an den Tisch setzen, wo wir besser reden können."

Die hübsche, thailändische Bedienung des Cafés musste ja nicht mitkriegen, was ich jetzt dem Peter berichten würde. Sie bekam noch eine Bier-Bestellung von mir, dann setzten wir uns an einen Tisch, etwas entfernt von den anderen Gästen des wenig besuchten Lokals.

„Stell dir vor, Peter, meine war ein Mann.", gestand ich und log ein bisschen, indem ich fortfuhr und sagte: „Ich hab's aber noch rechtzeitig gemerkt."

„Meine auch.", gestand Peter und schämte sich.

„Erzähl!", forderte ich Peter auf.

„Erst du!", sagte Peter.

„Okay. Meine wollte 80, konnte nicht rausgeben auf 100, hat die 100 einfach behalten. Dann ist sie mir an den Schwanz gegangen, hat gewichst, mir n Gummi übergezogen, geblasen, alles noch im grünen Bereich. Als ich ficken wollte, hebt sie nur ihren Mini hoch und meinte, ich soll sie in den Arsch ficken. Da hab ich gesehen, dass sie n Schwanz hat. Da wollt ich mein Geld zurück, sie hat aber gedroht, dass sie auf den Alarmknopf drückt und dass es Stress gibt. Da bin ich schnell abgehauen. Scheiße. Komplette Scheiße. Und wie war's bei dir?"

„Da hab ich ja noch Glück gehabt. Bei mir war's billiger. Meine war auch so ein Ladyboy. Hat 50 kassiert und dann haben wir uns beide angefangen auszuziehen. Eigentlich hat sie nur ihren Mini hochgeschoben, das Höschen ausgezogen und mich sofort ihren Pimmel sehen lassen. Da hab ich n riesigen Schreck gekriegt, sofort meine Hose wieder hochgemacht und mein Geld zurückverlangt. Da hat sie nur gelacht und auf den Alarmknopf gezeigt und gefragt, ob ich Stress machen will. Das ganze hat nicht mal 2 Minuten gedauert. Schau, mein Bier ist schon fast leer, bin schon ne ganze Zeit hier und denke: Wo bleibt nur der Siggi, der hat doch bestimmt auch so nen Ladyboy erwischt. Ich hab gedacht du fickst den. Dir trau ich alles zu, Siggi."

„Gequirlte Scheiße, Peter, was denkst du von mir! Ich fick doch keinen Mann!", rief ich aus. Zu laut.

Am Tresen hatte es einer gehört, kam zu uns an den Tisch und sagte cool: „Na, biste im Leierkasten auch auf n Katoy reingefallen?"

„Ja, Mann. Die haben ja nicht wie Männer ausgesehen, diese Fackeln!", gestand ich dem Typ. Er war ungefähr im gleichen Alter wie ich. Weil ich ihm geantwortet hatte, setzte er sich einfach zu uns.

„Ja, die sehen scharf aus diese Ladyboys. Und ihr beide ward wohl noch nie hier in Frankfurt und im Leierkasten?"

„Stimmt. Wir sind das erste Mal hier."

„Der Leierkasten ist berühmt für seine Katoys bzw. TS-Ladys. Das weiß eigentlich jeder, der sich hier auskennt. Aber es gibt immer wieder Neulinge wie euch, die drauf reinfallen."

„Hä? Berühmt für diese Männer mit Pimmel? Da gehen auch welche zu denen, die nicht wie wir aus Versehen da landen?", fragte ich den Fremden.

„Ja klar! Diese Frauen mit Pimmel, haben ihre Spezial-Kundschaft. Die stehen auf diese Katoys. Deshalb verlangen die meisten Katoys auch mehr Geld als die normalen Huren."

„Igitt wie kann man nur genau auf so was stehen.", sagte Peter.

„Du weißt doch bestimmt, dass es Schwule auf der Welt gibt. Und Leute die auf Sado-Maso stehen. Und Leute, die auf Lack und Leder-Kostüme abfahren, und auf Natursekt und was es da alles noch

gibt. Warum sollte es also nicht auch Männer geben, die auf Katoys stehen?", erklärte der Fremde.

„Ach so, da gehen also die Schwulen hin."

„Nicht nur.", erklärte der Fremde. „Auch Männer,
die einfach nur von so einem schönen Katoy geblasen werden wollen. Oder anal ficken. Ohne schwul
zu sein."

Irgendwie merkten Peter und ich, dass wir mit
unseren fast 40 Jahren doch noch wenig Ahnung
hatten, was andere auf der Welt sexuell so trieben.

„Was ist Natursekt?", fragte Peter.

„Anpissen. Wobei die hier im Laufhaus sich nicht
anpinkeln lassen. Aber du darfst ihren Natursekt
trinken, wenn sie dir in den Mund pissen. Das kostet aber auch extra. Und wehe du schluckst nicht
schnell genug und die Pisse geht auf den Fußbo-
den. Das kostet dann auch extra. Wegen der Reini-
gung, weil die dann hinterher die Bude putzen
muss. Das lässt die sich auch mit nem extra Fuffi
bezahlen."

„Machst du das auch? Oder woher weißt du das
alles?"

„Ha ha ha!", lachte der Fremde. „Nee, ich wohn in
der Nähe und bin oft hier im Café Elbe. Da kriegt
man so einiges mit, was in den Laufhäusern so alles

passiert. Ich hör mir die Storys gern an und geb'
auch gerne Tipps weiter."

„Wie heißt du, wenn ich fragen darf?"

„Man nennt mich Ronny.", sagte er.

„Was hast du noch für Tipps für uns, Ronny?", fragte ich.

„Nur kein Stress, das ist oberstes Gebot. Die Mädels
haben einen Alarmknopf in Reichweite und wenn
irgendein Freier ausrastet, dann machen die Alarm
und dann kommt die Puff-Polizei. Die fragen gar
nicht, die hauen sofort drauf und prügeln dich aus
dem Haus. Die Huren haben immer Recht. Mach
was sie sagen, diskutiere nicht mit ihnen rum. Diskutieren bringt nur Stress."

„Aber wenn du doch im Recht bist?"

„Das meinst nur du, dass du im Recht bist. Wenn
sie dich zusammenschlagen und beschwerst dich,
dann stehen plötzlich 3 Huren da, die schwören
auch vor Gericht, dass du die Kollegin vergewalti-
gen wolltest und die Haus-Security sie vor dir gerettet haben. Du hast keine Chance. Weder körperlich, weil die stärker sind, noch juristisch. Weil sie
jede Menge Zeugen haben, die gegen dich aussa-
gen."

„Hmm. Jetzt weiß ich, warum sie immer sagen, das
Rotlicht-Milieu ist gefährlich.", sagte ich.

„Ist nicht gefährlich", sagte Ronny. „darfst nur kein Stress machen. Lieber n bisschen mehr zahlen, wenn die Hure mehr Geld will, als Stress machen. Wer diese Regel kapiert hat, der kriegt auch keinen Stress."

Dass wir die „No Stress-Regel" schon selbst gelernt hatten, verrieten wir Ronny nicht und ich sagte:

„Okay, danke für die Warnung. Aber wo kriegen wir jetzt mal ne gute Nummer hier im Puff?"

„Nirgends. Alles Abzocke.", sagte Ronny.

„Kann doch nicht sein! So viele Häuser, so viele Huren, so viele Männer! Das ganze Bahnhofsviertel hier, das würde es doch nicht geben, wenn alles nur Abzocke wäre. Dann würde ja nie mehr jemand wieder kommen!", sagte ich.

„Es gibt genug Männer auf der Welt, die lassen sich immer wieder von den jungen Hühnern abzocken. Und kommen trotzdem wieder."

„Das kann ich mir nicht vorstellen.", sagte ich.

„Doch, ist so. Die kommen immer wieder, obwohl die Frauen nicht mal richtig bumsen, sondern Falle schieben."

„Hä? Falle schieben? Was ist denn das?"

„Ihr habt wirklich keine Ahnung.", sagte Ronny und erklärte es uns: „Die Nutte zieht dich an sich, dass du nicht siehst was unten passiert. Sie nimmt deinen Schwanz in ihre Hand und dann tut sie so, als ob sie ihn in sich einführt, und du fängst an zu rammeln. Du denkst, du bist in ihrer Möse, aber dabei stößt du nur in ihre Faust. Sie holt dir einen runter und du denkst, sie ist eng und dass du sie bumst. Aber tatsächlich holt sie dir nur einen runter. Das ist Falle schieben."

„Ach du Scheiße. Das merken die Männer nicht?"

„Manche schon. Aber beschweren geht nicht. Entweder du akzeptierst, dass sie dir nur einen runterholen, oder du kriegst Stress. Und wie lautet die erste Regel?"

„No Stress.", antworte ich brav wie ein Schüler.

Ronny lachte. „Okay, ich sehe, ihr habt gelernt. Auf die Katoys seid ihr schon reingefallen, ihr wisst jetzt, dass die Mädels Falle schieben und dass ihr keinen Stress machen dürft. Den Rest dürft ihr selbst rausfinden. Ich geh dann mal wieder."

Ronny stand auf, um zu gehen.

„Eine Frage noch, Ronny: Wir waren im Roten Haus und im Leierkasten. Welches von den vielen Laufhäusern kannst du uns Anfänger-Touristen noch empfehlen?"

„Sind eigentlich alle gleich, bis auf den Leierkasten. Wart ihr im Leierkasten auch in den oberen Stockwerken, oder nur unten bei den Katoys?"

„Nur unten. Da sind wir ja gleich reingefallen und dann geschockt wieder raus.", gestand ich.

„Der Leierkasten hat viele Stockwerke und mehrere Gebäudeteile. Da gibt's noch viel zu entdecken für euch. Noch n letzter Tipp: Nehmt euch vor den Afrikanerinnen in Acht, die sind in den oberen Stockwerken."

„Warum sind die Afrikanerinnen so gefährlich?"

„Die machen euch ganz aggressiv an und sind listig. Und passt auf eure Geldbeutel auf, die klauen wie die Raben. Also dann noch viel Spaß!"

„Danke, Ronny.", sagten Peter und ich.


Übrigens:
Das Titelfoto zeigt die Elbestraße in Frankfurt

# Der Ruf der Wildnis

Als Ronny gegangen war sagte ich zu Peter:

„Die Afrikanerinnen müssen wir uns noch angucken."

„Siggi! Hast du noch nicht genug erlebt für heute?"

„Nein. Und gefickt hab ich auch noch nicht."

„Ja, wir sind immer noch Anfänger. Aber mir reicht's ehrlich gesagt. Ich hab keine Lust auf listige Fallenschieberinnen und Stressgefahr.", sagte Peter.

„Du musst ja nicht ins Zimmer zu einer reingehen. Aber du kommt doch bestimmt mit, wenn ich nochmal in den Leierkasten gehe und mir die anderen Stockwerke ansehe."

„Meinetwegen. Aber die Afrikanerinnen schau ich mir gar nicht erst an. Da scheint der Stress ja schon garantiert zu sein."

„Ha, ha, ha. Ronny hat uns ja schon gewarnt, also passen wir besonders auf. Eine erkannte Gefahr ist keine Gefahr mehr. Was soll uns schon passieren?"

„Dass sie uns den Geldbeutel klauen. Hat Ronny gesagt.", erinnerte Peter.

„Peter. Wie oft im Leben hat dir schon mal ein Taschendieb in die Hose gegriffen und das Geld geklaut? Entschuldigung. Das merkt man doch. Wie sollen die uns beklauen? Ich tu das Geld in die vordere Hosentasche, nicht hinten, in die Gesäßtasche. Ich werd doch wohl merken, wenn eine mir in die Tasche greifen will.", sagte ich.

„Hmm. Und außerdem könnten wir das Geld nicht in der Hosentasche haben. Also nicht da, wo sie es vermuten. Vielleicht in der Zigarettenschachtel verstecken."

„Gute Idee, Peter. Ich werde einen Fuffi in die Zigarettenschachtel packen. Den anderen stecke ich nicht in den Geldbeutel, den ich rechts vorne trage, sondern lose in die linke Hosentasche, beim Autoschlüssel."

„Ja, Siggi. Geldbeutel leer machen. Wenn sie ihn klauen, haben sie nur einen leeren Geldbeutel."

Wir verteilten unsere Scheine wie besprochen. Peter als Nichtraucher packte seine 150 Mark in die eine Hosentasche und den leeren Geldbeutel in die andere. Auch ich leerte meine Geldbörse und tat einen Schein in die linke Hosentasche, den anderen in meine Zigarettenschachtel, die ich in die Innentasche meiner Lederjacke steckte. Im Geldbeutel blieb nur noch Kleingeld. Ein paar Mark als Hartgeld und ein Zehner.

Handys hatten wir 1996 noch nicht, also waren sie auch kein Thema.

„Wo sind die Autopapiere und Führerschein?",
fragte ich Peter.

„Hab ich im Auto gelassen, im Handschuhfach."

„Gut.", sagte ich zu Peter. „Aber wir machen uns
wahrscheinlich viel zu viel Gedanken. Ich kann mir
überhaupt nicht vorstellen, wie eine an unseren
Geldbeutel in der vorderen Hosentasche kommen
sollte. Der hängt ja nicht halb aus der hinteren Gesäßtasche raus. Aber wahrscheinlich gibt's so Idio-
ten, die ihre Brieftasche hinten tragen und dann
beklaut werden. Uns kann das gar nicht passieren,
wir haben hinten ja nichts drin. Ich steck mal ein
Päckchen Tempo-Taschentücher hinten rein, das
dürfen sie mir klauen, ha ha ha."

Ich holte aus meiner Lederjackentasche ein Päckchen Tempo raus und steckte es hinten rechts in
die Gesäßtasche. Ich spürte es deutlich, weil es so
dick war und die Jeans so eng.


Wir zahlten unsere Getränke und machten uns auf
den Weg.

Die Gefahr, vor der uns Ronny gewarnt hatte, lock-
te uns. Männer sind eben Jäger und Abenteurer.
Und ich besonders. Deshalb hatte ich die Ehe aufgegeben. Um noch etwas zu erleben. Etwas Span-
nendes, Aufregendes, Erotisches, Sexuelles.

Die Lust auf Abenteuer endet nie.

Wieder betraten wir den Leierkasten und standen im Hof und hatten die Wahl, einen der vielen Eingänge zu den verschiedenen Gebäudeteilen zu nehmen. Den gleichen Eingang wie vorhin nahmen wir auf jeden Fall nicht. Sondern den rechts daneben.

Nachdem wir ein paar Stufen genommen hatten, gelangten wir auf einen Flur, den wir links oder rechts runter gehen konnten. Wir bogen links ab und standen plötzlich wieder vor den Türen der Katoys, waren genau da, wo wir vorhin waren. Schnell kehrten wir um und nahmen die andere Richtung.

Aber auch in der rechten Hälfte des Flures waren nur Zimmertüren, in denen die sogenannten Ladyboys standen und uns ins Zimmer locken wollten, indem sie uns zuriefen: „Hey, sexy man! Come inside!"

So schön sie auch aussahen. Wir wussten jetzt, dass es Männer waren, die nur so aussahen, als wären sie Frauen. Schnell gingen wir an ihnen vorbei. Als wir einen Treppenaufgang sahen, flüchteten wir ins nächste Stockwerk nach oben.

„Auf in den Kampf, die Wildnis ruft!

# Im Flur der Dominas

Im nächsten Stockwerk waren aber keine Schwarzen. Da waren Dominas. Wenn die Tür geöffnet war, konnte man reinsehen und entdecken, dass die Zimmer vollgestopft waren mit Garderobenständern, an denen Lederkostüme hingen. Auch waren da Andreaskreuze zu sehen und Massageliegen, mit schwarzem Leder überzogen. An den Wänden hingen Peitschen und Klatschen verschiedener Größen. Außerdem sahen wir Ketten, Handschellen, rote Seemanns-Seile, riesige Dildos und anderes Zeug, mit dem eine Domina einen Mann fesseln und quälen kann.

An den Türen und Wänden neben den Türen hingen Fotos auf denen konnte man sehen, was einen erwartet, wenn man sich im Zimmer auf die Domina einlässt. Da waren Männer abgebildet, mit einer Art Maulkorb, die hatten einen Ball im Mund, die waren nackt an ein Andreaskreuz gefesselt und eine Domina peitschte ihnen auf den Schwanz. So in dem Stil.

Peter und ich sahen die Zimmer und die Dominas und kamen uns vor wie Bübchen, die keine Ahnung hatten wie viele Perversionen der Sex zu bieten hat.

Aber auf diese Art Sex zu haben, wollten wir wirklich nicht. Am Ende des Flures war wieder eine Treppe und sie führte uns in ein neues Stockwerk.

## Das schwarze Lakritzbonbon

Jetzt waren wir im Stockwerk mit den Mädchen aus Afrika. Falls alle Türen waren geöffnet, mit anderen Worten: Keine hatte einen Kunden. Vielleicht sind die Schwarzen generell nicht so beliebt. Und Ronny hatte uns ja auch vor ihnen gewarnt.

Alle Mädels waren daher besonders geil auf unser Geld. Wir hatten keine Chance gemütlich über den Flur zu gehen, und uns die schwarzen Schönheiten näher anzusehen, denn sie fielen regelrecht über uns her.

Peter und ich gingen neben einander, links und rechts von uns waren Zimmer, Schwarze standen in den Türen. Als wir vorbeikamen traten die Damen aus den Zimmern und schnappten uns am Arm und versuchten uns ins Zimmer zu ziehen.

Wir rissen uns los und liefen schnell ein paar Schritte weiter, da waren wir aber auch schon in der Höhe der nächsten zwei Zimmer und wieder hechteten die Mädchen auf uns, versperrten den Weg, hielten uns fest, zerrten an unseren Klamotten, griffen uns zwischen die Beine.

Sie lachten und schrien „Come in, come to me, let's fuck, I want to fuck with you", und lauter solche eindeutigen Angebote, die wir leider nur hier im Puff gemacht bekommen, nie in der Disco.

Vom vielen Treppensteigen in den gut geheizten Laufhäusern war mir warm geworden und ich hatte die Lederjhacke ausgezogen und trug sie in der Hand.

Einem flinken Afroteenie gelang es dann sogar, mir die Lederjacke fortzureißen und verschwand sofort mit der Jacke im Zimmer und ich musste natürlich hinterher.

Sie warf sich mit der Jacke aufs Bett und umklammerte sie mit ihren nackten, schwarzen Armen und drückte sie sich an ihren Busen, als hätte sie einen Teddy, den sie nie wieder hergeben würde, weil sie ihn so liebt.

Ich stand vor ihrem Bett und dachte, dass sie süß aussieht, mit ihren riesigen weißen Augen in ihrem schwarzen runden Gesicht. Und diese schönen schwarzen, muskulösen, nackten Beine, die unter ihrem weißen Miniröckchen verschwanden.

Aber sie hatte mir die Jacke geklaut und das ging ja mal gar nicht.

„Give me my jacket!", befahl ich ihr.

„Yes, after fucking!", sagte sie.

82

„No fucking. Give me back my jacket!"

„Only if you fuck me.", wiederholte sie.

Sie schob meine Jacke zur Seite, nach hinten, steckte sie unter das Kopfkissen, legte sich auf den Rücken, Kopf auf dem Kopfkissen über meiner Jacke, machte die schwarzen Beine breit, schob das Miniröckchen hoch. Ein Unterhöschen hatte sie natürlich nicht an und rubbelte mit dem Finger über das schwarze Fötzchen, als müsste sie sich jetzt für den Fick einen hochwichsen.

Der Anblick war leider zu geil.

Ich drehte mich um, zu Peter, der vor der geöffneten Tür stand und auf mich wartete.

„Peter, ich muss jetzt ficken. Wir treffen uns nachher im Cafe Elbe."

„Okay."

Peter zog weiter, vorbei an kreischenden Afrikanerinnen, die ihn am weiterziehen hindern wollten.

Ich hatte auf Deutsch mit peter gesprochen, aber das schwarze Lakritzbonbon hatte das Wort „ficken" schon richtig verstanden.

Mit einem Jubelschrei sprang sie aus dem Bett, rannte zur Tür, verschloss sie schnell, dann rannte sie auf mich zu, und umarmte mich und drückte mich an sich, wie vorher den Teddy, äh, meine Lederjacke.

„Money, money!", sagte das schwarze Pralinchen und ergänzte:

„No money, no honey", und kicherte.

„Fifty?", fragte ich und sie nickte einfrig.

Mir fiel ein, dass ich einen Fuffie in der Zigarettenschachtel hatte, die in der Lederjacke war. Ein guter Grund, die lederjacke schon mal wieder zurück zu bekommen.

„My money is in my jacket", sagte ich und deutete aufs Kopfkissen, unter dem die Jacke hervorlugte.

Sie ging zum Bett, holte die Jacke und durchwühlte alle Taschen, fand die Zigarettenschachtel, schmiss sie aufs Bett und suchte weiter nach Geld oder Geldbeutel in meiner Lederjacke.

Ich ging zum Bett, nahm die Zigarettenschachtel, holte den Fuffie raus und gab ihn ihr grinsend.

Da ließ sie die Lederjacke auf den Boden fallen, nahm den Geldschein und verstaute ihn in einer Schublade.

Sie kam zu mir, machte mir den Gürtel auf, zog den Reißverschluss runter und fummelte mir an den Hosentaschen herum. Dilettantischer Versuch, noch mehr Geld zu finden.

Ich wich nach hinten und sagte auf Englisch:

„Go to bed and play with your pussy while I undress.

„Geh ins Bett und spiel mit deiner Pussy, während ich mich ausziehe."

Sie gehorchte sogar teilweise. Sie ging zumindest aufs Bett und wartete da auf mich.

Als ich nackt an ihr Bett herantrat, hatte sie schon ein Präservativ in der Hand und versuchte es, mir über den schlaffen Penis zu streifen.

„How about something more erotic before Kondom?"

„Wie wäre es mit etwas mehr Erotik vor dem Kondom?"

„You want Blowjob? Twenty Extra!", sagte sie und freute sich schon über das Extrageld.

„No. Please undress.", Nein, sie solle sich ausziehen.


„I want to see you naked and touch your tits."

„Naked is twenty extra, and touching costs another twenty extra."

„What? 40 extra for undressing and touching?"

„Yes, if you want to touch my naked body."

„I want nothing, I don't want to pay more."

„Then you must fuck me now. Time is running."


„Ich will dich nackt sehen und deine Titten anfassen".

„Nackt ausziehen kostet zwanzig extra und Anfassen kostet weitere zwanzig extra."

„Was? 40 extra für Ausziehen und Anfassen?"

„Ja, wenn du meinen nackten Körper berühren willst."

Sie legte sich auf den Rücken, machte die Beine breit, schob das Miniröckchen hoch, zeigte mir ihre Pussy und winkte, dass ich sie besteigen solle.

Jetzt lag sie wider sexy in der Position, in der ich sie gesehen hatte, als ich mich entschieden hatte, sie zu ficken. Jetzt stand ich bereits nackt vor ihrem Bett, mit einem schlaffen Schwanz, über den ein Kondom halb übergestreift war. Ein Kondom stört mich nicht, wenn ich geil genug bin. Aber das Schlimme war: .Ich war einfach nicht mehr geil auf die geldgierige schwarze Ratte, die schon erwähnt hatte, dass die Zeit läuft.

Sollte ich jetzt aufgeben, gehen und wieder Geld bezahlt haben, ohne gefickt zu haben?

Ich schaute auf das Lakrizbonbon und versuchte mir einen hochzuwichsen, damit der Penis steif werde und das Gummi straff drauf sitzen würde.

Aber es gelang mir nicht. Ich sagte ihr:

„Play with your pussy, I want to see it to get horny."

„Oh, you are not horny? I am sorry, your time is soon over."


„Spiel mit deiner Pussy, ich will es sehen um geil zu werden."

„Oh, du bist nicht geil? Schade, deine Zeit ist gleich um."

Sprach es, kam aus dem Bett, rückte sich das Mini-röckchen zurecht und war schon wieder angezogen und fertig, um wieder an der Tür zu stehen.

Da stand ich, nackt und mit meinem Schwanz in der Hand und kapierte, dass der Sex im Puff anders ist.

Die Zeit war um und ich hatte noch gar nicht ange-fangen. Die Unterhaltung mit dem Bambi-Rehlein fiel mir wieder ein

Bambi hatte gesagt:

„Die Anfänger haben immer Probleme und ich hab keine Lust auf Probleme."

„Was für Probleme? Ich bin potent, du bist hübsch, ich sehe da keine Probleme.", hatte ich geantwortet.

„Der Sex hier ist anders als mit einer Freundin. Du wirst Probleme beim ersten Mal im Puff haben, glaub mir. Und ich will die nicht haben, deine Probleme."

Bambi hatte Recht behalten. Meine Potenz war nicht abgebrüht genug für eine schnelle Puffnummer ohne erotisches Vorspiel.

Noch etwas hatte ich bei Bambi gelernt: Keinen Stress machen, sonst gibt's Alarm und Prügel.

Also begriff ich, dass ich vom Lakritzbonbon bestimmt nicht mein Geld zurück bekommen würde, obwohl sie in der Tat absolut keinen Sex mit mir gemacht hatte. Sie hat nur einmal versucht mir das Gummi anzuziehen, ansonsten war null und nix passiert. „Oh, you are not horny?". hatte sie gesagt und bestimmt gedacht: „Selbst dran schuld, wenn er keinen hoch kriegt."

Da stand ich, nackt und mit meinem Schwanz in der Hand im Zimmer von einem afrikanischen Lakritzbonbon, die wartete ungeduldig dass ich endlich gehen würde und ich kapierte, dass ich mich jetzt sofort anziehen und gehen musste.

Um schnell aus dieser Scheiß-Situation rauszukommen verzichtete ich sogar aufs Händewaschen. Das konnte ich ja in aller Ruhe im Café Elbe erledigen.

Sie reichte mir zum Abschied meine Lederjacke.

Sind doch brav, die Schwarzen, gar nicht gefährlich.

## Schluß mit Lustig

Peter saß im Cafe Elbe und wartete auf mich, um von meinen Erfahrungen berichtet zu bekommen.

Ich erzählte ihm wahrheitsgetreu die halbe Geschichte, bis zu dem Punkt, wo ich ablehnte, die Extras fürs Ausziehen und Anfassen zu bezahlen.

Ab dieser Stelle log ich, dass ich mir einen auf ihren sexy Anblick hochgewichst und sie dann auf dem Bett in der Missionarsstellung gefickt hatte, das süße, schwarze Lakritzbonbon mit ihrem weißen Miniröckchen und dem weißen Oberteil. So wie ich es mir vorgenommen hatte. Peter glaubte die Story.

„Na also", sagte Peter. „Jetzt bist du kein Anfänger mehr. Gratuliere."

„Ja, aber die Bambi hat Recht behalten. Sex im Puff ist anders. Und ich glaube, er macht mir keinen Spaß."

Wir tranken noch etwas und lachten noch einmal über die Highlights unserer Puff-Abenteuer.

„Und zum Schluss wurde ich sogar erpresst, und musste Sex machen, um meine Lederjacke wieder zurück zu erhalten, wo gibt's denn so was Geiles?"

Unser Lachen war echt und laut und wir bereuten nichts.

# Damals vs heute

Unser beschriebener Puffbesuch war in 1996, also heute vor 22 Jahren. Hättest du das gedacht? Vieles was in dieser Story erzählt wurde, hätte nämlich erst gestern passiert sein können. Es gibt noch die Katoys, den Leierkasten, die Dominas und die Afrikanerinnen und das Rote Haus, das Cafe Elbe, etc.

Ganz wichtig: Die „No Stress"-Regel gilt noch immer und die Alarmknöpfe in den Zimmern der Mädchen funktionieren auch noch.

Heute kann man sich das Rote Haus und den Leierkasten im Internet ansehen. Ich habe es soeben getestet und festgestellt, dass der offizielle Name des Leierkasten-Pufffs nun CRAZY SEXY ist, aber das dazugehörige Bistro in der Elbestraße heißt noch immer Leierkasten. Das Crazy Sexy in der Elbestraße 49  hat eine sehr schöne Internetseite und zeigt nicht nur Fotos vom Ambiente, sondern sogar Fotos von Girls, Dominas und TS-Ladies, den Katoys.

Auch das Rote Haus in der Taunusstraße 34 hat eine Website, bietet seine Infos in 8 Sprachen und zeigt einige Fotos, aufgenommen von außen und innen. Man erfährt auch, dass das Haus 67 Zimmer auf 6 Stockwerken hat.

Auf Google Maps wird das Haus als Taunuseck angezeigt. Die Kreuzung Elbestrasse und Taunusstraße ist das Zentrum des Frankfurter Rotlichtviertels in der Nähe vom Hauptbahnhof.

Was heute in den Zimmern der Frankfurter Laufhäuser abgeht, ist glücklicherweise nicht mehr das, was ich damals in Frankfurt mit dem Lakritzbonon erlebt habe. Die Abzocke, das Hochkobern, die Extras für Ausziehen und Anfassen gibt es glücklicherweise nur noch vereinzelt.

Noch eine gute Nachricht: Die Preise sind mit 20€, 25€ und 30€ nicht gestiegen, aber der Sexservice der Damen hat sich erheblich verbessert. Für 50 Mark bzw. 25€ erhält man das, was an der Tür versprochen wird: 20 Minuten maximale Auenthaltsdauer, Ausziehen, Anfassen, Blasen und Ficken in verschiedenen Positionen. Alles ist im Preis inclusive. Die Qualität des Services hängt natürlich davon ab, ob die Dame ihn mehr gut oder mehr schlecht serviert, aber generell kann man ziemlich zufrieden sein.

Aber erst seit ca. 2007. Warum genau 2007, das erkläre ich später, an anderer Stelle im Buch. 2007 war dann auch das Jahr, in dem ich anfing regelmäßig in den Puff zu gehen.

Vor 2007 war ein Puffbesuch in den Laufhäusern von Frankfurt oder Mannheims Lupinenstraße so unerotisch wie im Kapitel mit dem afrikanischen schwarzen Bonbon beschrieben. Diese Geldmacherei, das Kobern für Extras war absolut abtörnend.

Nach meinem hier beschriebenen Puffbesuch habe ich es in den 10 Jahren zwischen 1996 und 2005 nur dreimal versucht, im Puff eine schöne Nummer zu erhalten, aber es klappte nie.

Ausziehen extra zahlen, Anfassen extra zahlen, aber Anfassen des Busen ist bei Anfassen nicht dabei. Busen küssen war natürlich auch ein Extra etc etc etc. die Zeit war schon nach 10 Minuten um, bevor du geil geworden bist. Diskussion über die Zeit ist natürlich nicht erlaubt. Wann 20 Minuten vorbei sind, das entscheiden die Mädchen und nicht die Uhr. Mach keinen Stress! Die Frau hat immer Recht und einen Alarmknopf.

Genau darum, weil alles, was zu einem guten Sex-Service gehört, früher im Laufhaus nicht inclusive war, wird es heute, 2018, noch immer an der Tür von den Damen als etwas Besonders erwähnt.

Warum das Jahr 2007 so magisch ist, werde ich später an passender Stelle beschreiben, wenn wir im Buch in diesem Jahr angekommen sein werden.

# Mary im Club Tiffany
## Der letzte Disco-Besuch

Wir schreiben das Jahr 1997, ich bin erst 40 Jahre alt, aber schon verdammt viel zu alt, um noch einen hübschen Twen in der Disco erobern zu können.

Der Puff war auch keine Lösung gewesen für das Problem, schöne junge Mädchen vögeln zu können.

Also waren Peter und ich wieder im Singlemarkt unterwegs. Heute besuchten wir eine Clubdisco, die sich dadurch auszeichnete, dass alle Altersklassen von 18 bis 58 sich hier wohlfühlten. Die Mehrheit der Gäste war zwischen 20 und 40, alle waren tatsächlich jung oder jung geblieben. Es war, wie man so schön sagt, der Treff der „Schönen und Reichen" und der renommierteste, älteste Discoclub der Stadt Mannheim, das Tiffany. Die Türsteher selektierten gnadenlos aus, wer rein durfte und wer nicht.

Peter und ich waren schon circa 20 Jahre Stammgast in diesem Club. Damals gehörten wir noch zu den „Schönen", Peter hatte ja ein Penthouse-Model als Ehefrau gehabt und ich war einfach immer in Begleitung von bildhübschen Mädchen gekommen. Wir durften in den Club, weil wir eben zu den Gesichtsältesten der Ausgehszene der Stadt gehörten.

Im Club selbst waren wir optisch eigentlich inzwischen Looser. Beide alt geworden. Peter hatte schon eine Glatze und ich war nicht mehr grau meliert wie George Cloony sondern schon weißhaarig wie ein Greis.

Reich waren wir auch nicht, nur gutverdienend. Zu arm für die jungen Teens und Twens, die sich nur an die Hälse alter Männer werfen wenn sie prominent und oder Millionäre sind.

Die Hoffnung stirbt zuletzt und wir waren mal wieder in diesem Club. Da sah ich eine Frau, die hatte eine tolle erotische Ausstrahlung. Sie war irgendwie zwischen 28 und 32 Jahren alt, hatte eine moderne Frisur, lange Beeine, einen großen Busen, große Augen und einen provozierend geschminkten Schmollmund.

Als sich unsere Blicke trafen, schaute ich ihr direkt in die Augen und fuhr mir mit meiner Zunge über meine Lippen und signalisierte ihr so: „Wow, siehst du aber lecker aus". Sie lächelte, und machte das gleiche mit ihrer Zunge. Natürlich ging ich nun zu ihr hin und begann ein Flirtgespräch mit ihr.

Ihr Name war Mary.

Im Verlauf unseres Gespräches verriet sie mir, dass sie einmal nach einem Autounfall gelähmt war und ein halbes Jahr war es nicht sicher, ob sie wieder laufen konnte. Da alles gut ausgegangen ist, ist sie so froh, dass sie das Leben in vollen Zügen genießt. Wenn sie heute einen Mann sieht, der ihr gefällt, dann geht sie zu ihm, macht ihn an und schleppt ihn ab. Das Leben ist zu kurz um wochenlang zu warten, ob man einen Prinzen findet, der es ernst meint. Sie wollte das Leben und den Sex jeden Tag genießen, zumindest jedes Wochenende.

Wow, welch eine Einstellung zum Leben und zum Sex. Solche Worte hatte ich noch nie von einer Frau gehört und ich war begeistert von ihr und sagte ihr, dass ich genauso denke wie sie. Wir stießen zusammen auf unser freies, ungehemmtes Leben an.

Wir hatten gerade dieses Gesprächsthema beendet, da spielte der Discjockey einen neuen Song und auf der Tanzfläche des Clubs wechselte das Publikum. Da es bereits recht spät in der Nacht war, war die Zahl der Tänzer überschaubar gering.

Ein junger, großer, muskulöser Mann betrat die Tanzfläche und tanzte mit sich selber zur Musik.

Mary sah ihn, legte die Hand auf meine Schulter und sagte zu mir:

„Wow, siehst du den Typ, der gerade auf der Tanzfläche ist? Den will ich haben und den mach ich jetzt an. War schön, dich kennengelernt zu haben. Viel Spaß noch Siggi, ciao."

Da stand ich da, wie ein begossener Pudel und musste zusehen, wie sie auf den Typ zuging, ihn sofort antanzte und sofort seine muskulösen Arme und seinen Oberkörper streichelte. Der Typ war ein paar Jahre jünger als sie und wirklich erst irritiert, aber dann registrierte er, dass sie eigentlich schön genug für ihn war und fing auch mit Körperkontakt an und berührte sie beim Tanzen.

Mary besaß noch die Frechheit, mir zuzuzwinkern und zeigte mir ihre Hand mit „Daumen hoch", so im Stil: „Schau mal Siggi, ich hab es geschafft, der geht bestimmt mit mir ins Bett".

Das war mein letzter Besuch im Club Tiffany für die nächsten 20 Jahre.

Sprung in die Jetzt-Zeit:

# Tiffany-Party 2017

Auf Facebook bin ich in einer geschlossenen Gruppe für Gäste des Tiffanys der 80er Jahre. Da sind nur die Leute drin, die damals Stammgäste waren, Einmal im Jahr machen sie im Tiffany für uns Oldies dieser Facebook-Gruppe eine spezielle Party und man wird nur eingelassen, wenn man sich vorher in der Gruppe angemeldet hat. An der Tür wird dann auf der Gästeliste gecheckt  ob man draufsteht.

Das letzte Mal als ich auf so einer Party war, ist just zwei Jahre her. Der Club war voll mit Menschen, die zwischen 50 und 65 Jahre alt waren. Einige von ihnen kannte ich sogar noch und führte kurze Gespräche mit ihnen.

Einer meiner alten Bekannten war in Begleitung einer sehr attraktiven Mittdreißigerin. In einem passenden Moment, als sie gerade nicht bei uns stand, sagte ich zu ihm:

„Wow, wie hast du es geschafft, diese geile Granate aufzureissen?"

Er lachte laut und sagte:

„Mensch Siggi, das ist meine Tochter, ha ha ha. Geile Granate, ha ha ha. Danke für das Kompliment, ich werde es ihr ausrichten, ha ha ha."

Kurz nach diesem Gespräch verließ ich die Party und fuhr in die Lupinenstraße und stieg bei einer Lupine ins Bett, die war bestimmt zehn Jahre jünger als die Tochter meines Bekannten und eine noch viel schärfere Granate.

Wie bitte? Selector im Puff? War doch alles Mist, was da in Frankfurt abgegangen war.

Ja, war es, aber 2017 war 10 Jahre nach der Wende, siehe Seite 105

# Sextourist

Peter und ich waren 39 Jahre alt, und flogen in die Karibik, weil wir gehört hatten, dass man da junge Mädchen in der Disco kennenlernen kann, die für wenig Geld mit nach hause gehen. Na, das hörte sich doch gut an. Und es war gut. Es war fantastisch. Ich wurde Sextourist. Die jungen Dominikanerinnen, Kubanerinnen und Brasilianerinnen verlangten wenig Geld und blieben oft die ganze Nacht oder mehrere Tage bei mir. Ich hatte Sex ohne Liebe und dennoch Beziehungen wie zu einer Freundin. Der einzige Unterschied zu den früheren Urlaubsabenteuern in Mallorca war, dass die Mädchen nun Geldgeschenke erwarteten.

11 Jahre vergingen, ich hatte den Besten Sex im Urlaub, und immer mit hübschen, jungen Mädchen. Circa drei Mal im Jahr flog ich in die Karibik und lernte sogar Spanisch, mit dem Dialekt der Dominikanischen Republik. Schließlich hatte ich Spanisch nicht in der Schule gelernt, sondern in den Straßen, den Kneipen und den Betten der DomRep.

Zu Hause, in Deutschland baggerte ich keine Frauen mehr an. Weder erheblich jüngere Teens und Twens, noch Mittdreißiger, die nur auf der Suche nach ihrem ersten oder zweiten Ehemann waren, noch über 40jährige, die die Ehe und Aufzucht ihrer Kinder schon abgeschlossen hatten.

Jede Eroberung würde irgendwann in Beziehungs-stress münden. Es gab dann noch zwei Ausnahmen, d.h. ich hatte noch zwei Bumsbeziehungen und die Story muss ich auch noch irgendwann aufschreiben weil sie es wert ist.

Besuche in Deutschlands Puffs waren mir zuwider. Ich hatte es vier mal probiert, auch in der Lupinenstraße in Mannheim, aber jedesmal verlor ich im Zimmer schon die Lust, bevor ich im Lotterbett landete. Die Huren vor 2007 wußten, wie man Geld kassiert und dann unerotisch redet und Geld für mehr Service verlangt. Es war zum Verzweifeln.

Also mussten die Urlaubsfahrten in die Karibik, Dom Rep und Cuba genügen. Was ich dort erlebte könnte auch Bücher füllen, vielleicht schreib ich mal eines über die Abenteuer dort.

2002, 2005 und 2006 flog ich auch nach Brasilien und weil Portugiesisch ähnlich wie Spanisch ist, lernte ich nebenbei noch Brasilianisch.

Während der Urlaube lernte ich andere Sextouristen aus Deutschland kennen, die auch die Schnauze voll hatten von zickigen Frauen, deren Ansprüche an Männer wir nicht mehr genügen konnten. Wegen unseres Alters und unserer Lebenseinstellung.

Endlich traf ich zahlreiche Männer, die ähnlich dachten wie ich und die wie ich sich entschlossen hatten, nur noch Sex haben zu wollen, ohne die Liebe und den ganzen Beziehungsstress der sich aus einer festen Partnerschaft ergibt.

Zu Hause, in Deutschland konnte ich natürlich im Bekanntenkreis und am Arbeitsplatz nicht erzählen, dass ich jetzt Sextourist war. Irgendwie werden alte Männer, die im Urlaub günstig auf ein großes, preiswertes Sexdienstleistungsangebot treffen, oft mit Kinderfickern verglichen.

Aber Sextourismus hat damit gar nichts zu tun. Kinderficker sind keine Sextouristen, sondern Kinderficker, die tun das auch zu Hause, oft genug sogar mit ihren eigenen Kindern.

In über 10 Jahren in der Karibik, in Brasilien, Tschechien und in Thailand habe ich nur Millionen glückliche Männer in der Disco gesehen, in die Mädchen unter 18 gar keinen Einlaß erhielten. . Die Presse berichtet aber nicht davon, dass heute wieder Millionen Männer glücklich mit einer Prostituierten waren, sondern sie berichten nur dann, wenn sie endlich wieder einen Kinderficker erwischen. Die Presse liebt Skandale. Die Millionen glücklichen Huren und glücklichen Männer werden im Bericht nicht erwähnt, wenn sie in Thailand einen Kinderficker schnappen.

# Erst probieren, dann urteilen

In Brasilien lernte ich den Abteilungsleiter einer Firma aus Norddeutschland kennen, weil wir in derselben „Pension" eingecheckt hatten, uns daher vom Sehen kannten und dann zufällig in einem Music-Pub wiedertrafen. Um uns herum nur hübsche Brasilianerinnen, die Sexdienstleistung als Beruf hatten, bis sie dann irgendwann von einem Holländer oder Italiener geheiratet wurden. Nee, echt. Ich habe die Fotos von der Hochzeitsfeier meiner brasilianischen „Garotas" (Mädchen) dann auf Facebook gesehen. Auch, wie sie dann schwanger wurden. Alle wurden fette Hausfrauen. Nur eine hat ihre Traumfigur behalten.

Nun. Dieter, der Abteilungsleiter sagte zu mir:

„Siggi, du bist schwer in Ordnung, du mußt mal mit mir nach Thailand fliegen."

„Dieter, ich fliege seit 10 Jahren in die Karibik und jetzt bin ich hier in Brasilien, weißt du warum? Weil ich auf große Frauen stehe, mit großen Busen und Feuer im Arsch, wie es nur Latinas haben. Schau nur, wie sie den Arsch rotieren beim Tanzen. Auf die kleinen, schlitzäugigen, kichernden Thailänderinnen habe ich null Bock."

„Warst du schon mal in Thailand, Siggi?"

„Nein. Mir reichen die TV- und Youtube-Berichte um zu wissen, dass dieser Frauentyp mir nicht gefällt. Und einfach eine Frau von einer Gogostange zu pflücken, ohne Flirt, nee ist nix für mich."

„Siggi, das „von der Gogostange ins Bett" ist typisch für das, was Leute wissen, die noch nie dort waren. Um mitreden zu können musst du mal da gewesen sein. Du darfst nicht schlecht über Thailänderinnen reden ohne dort gewesen zu sein. Du bist wie Leute, die schlecht vom Puff reden, aber noch nie drin waren."

„Hmm. Du hast Recht. Ausnahmsweise werde ich einmal mit dir zusammen nach Thailand fliegen. Du bist Insider dort und verrätst mir, auf was man in Asien achten muß. Wenn es mir nicht gefällt werde ich nie wieder hinfliegen, aber wie du sagtest: Dann weiß ich wirklich warum."

Ein halbes Jahr später trafen wir uns im Frankfurter Flughafen am Schalter von Thai Air. Wir verbrachten drei Tage in Bangkok, dann noch zwei Wochen in Pattaya, der Urlaubsstadt mit dem größten Sexangebot der Welt. Pattaya toppte alles, was ich je in der Karibik und Brasilien erlebt hatte. Natürlich flog ich noch einmal hin.

Thailand besuchte ich 2007, dem Jahr der Wende.

„Gibt es eigentlich irgend ein Buch, in dem Sextourismus nicht verteufelt wird?", fragte ich einen pensionierten Oberschullehrer, der schon seit 5 Jahren in der Dominikanischen Republik lebte.

„Ja, gibt es tatsächlich. Und zwar geschrieben von einem Mann, der hat sogar mehrere Literaturpreise gewonnen. Er hat ein Buch geschrieben, in dem Sextourismus positiv dargestellt wird."

„Wie heißt das Buch?"

„Plattform"

„Klingt nicht nach Sextourismus."

„Ist es aber. In dem Buch wird beschrieben, wie er zusammen mit einer Freundin eine ganze Hotelkette für Sextouristen gründet."

Natürlich habe ich mir das Buch gekauft und gelesen. Falls ihr es auch lesen wollt, hier unbezahlte Werbung: „Plattform" von Michel Houellebecq, Verlag DuMont, 2002, ISBN 3-8321-5630-5"

# Bye Bye Peter

Peter war übrigens nur ein Mal mit mir in der Dom Rep. Der hat tatsächlich 1997 geheiratet und ein Kind gezeugt, mit einer hübschen 30jährigen, die Torschlußpanik hatte und auch einen 40jährigen Glatzkopf wie ihn als Ehemann akzeptierte.

Peter, ich werde dich nie vergessen.

# Das Jahr der Wende

2007 erhielt ich einen Anruf eines Kumpels, den ich in der Dominikanischen Republik kennengelernt hatte und mit dem ich zusammen auf Cuba gewesen war. Den Urlaub werde ich nie vergessen.

„Siggi, wir können endlich in den Puff gehen und guten Sex bekommen! Ich war in Frankfurt. Da sind die Laufhäuser voll mit Polinen, Bulgarinen und Rumäninen, und die zocken die Männer nicht ab, sondern machen ganz normal Sex, wie man es gewohnt ist. Kein Rumgezicke, keine Preisnachforderungen für Ausziehen, Anfassen und so weiter. Ist wie mit den Huren in der Dom Rep, nur eben kürzer, halt nur 20 Minuten statt 2 Stunden."

„Was du nicht sagst. Und warum sind all diese Osteuropäerinnen plötzlich da?"

„Die Osterweiterung der Europäischen Union! Seit 2004 sind die Polen in der EU und seit diesem Jahr sind auch Bulgarien und Rumänien aufgenommen worden. Die Osteuropäer dürfen zwar noch nicht überall als Angestellte arbeiten, aber wenn sie selbstständig sind, dann dürfen sie überall in Europa ein Geschäft aufmachen, z.B. eine Kneipe. Und weil seit 2002 die Prostitution in Deutschland legal ist, dürfen die Osteuropäerinnen als selbständige

Sexdienstleisterinnen das älteste Gewerbe der Welt ausüben.

Siggi, die Puffs sind voll von jungen Mädels aus dem Osten! Wollen wir uns mal in Frankfurt treffen? Ich fahr jetzt regelmäßig hin."

„Wow, das will ich wissen. Nächsten Freitag?"

„Alles klar."

Wir trafen uns in Frankfurt, maschierten durch die Laufhäuser der Mosel- Elbe- und Taunusstraße und siehe da: Mein Kumpel hatte mir die Wahrheit gesagt und wir hatten guten Sex mit Bulgarinnen.

Ab dann fuhr ich regelmäßig nach Frankfurt. Nahm auch einen Kumpel aus Mannheim mit, der auch begeistert war.

Endlich viel Sex für wenig Geld mit jungen Frauen auch in Deutschland. Hurra! Wir mussten nicht mehr um die halbe Welt fliegen oder bis nach Tschechien fahren, um endlich guten Sex von jungen, schönen Traumfrauen zu erhalten. Sex ohne Beziehungsstress, einfach im Tausch gegen Geld.

Ich wurde zum Puffgänger der heute sagt: „Früher, als ich noch Sextourist war…"

2008 war ich das letzte Mal in der Karibik.

# Die ersten Male in der Lupi

Ein halbes Jahr fuhr ich nur nach Frankfurt und hatte Traumfrauen in den Lotterbetten der Laufhäuser dort. Es war nicht mehr so, wie am Anfang dieses Buches beschrieben. Ich fühlte mich sehr wohl dort. Wie Huren ticken, hatte ich inzwischen als Sextourist gelernt und endlich waren sie in Deutschland zu haben und servierten ehrliche, gute Sexdienstleistung. Einige meiner Frankfurter Erlebnisse sind ausführlich beschrieben in meinem Buch: „Traumfrauen im Lotterbett".

Ich war so zurieden mit den Mädels in Frankfurt, dass ich übehaupt nicht an die Laufhäuser in der Lupinenstrasse in Mannheim dachte. Bis einer meiner  Kumpels meinte:

„Wenn es in Frankfurt jetzt so viele Polinen und Bulgarinen gibt, laß uns dochmal nachsehen, ob jetzt auch in Mannheim welche sind."

„Du hast Recht, Mann. Wir schauen mal nach."

So kam es, dass ich nach gefühlten fünfzehn Jahren wieder einmal in die Lupinenstrasse ging.

Mißtrauisch schaute ich mir alle Mädchen an, die an den Fenstern auf Kundschaft lauerten. Ich überlegte, welche Frau wohl eine Osteuropäerin wäre.

Dann sah ich in einem Zimmer im zweiten Stock eines Laufhauses eine ca 25jährige Blondine, die war ganz „nett" anzusehen. Typ hübsche Studentin, keine Sexbombe, aber mit etwas größerem Busen. Sie sah mich an ihrer Tür stehen, kam zu mir und fragte mit ausländischem Akzent:

„Hast du Lust, willst du reinkommen?"

„Aus welchem Land bist du?"

„Polen."

„Was machen wir, wenn ich reinkomme?"

„Blasen, Ficken, Positionen."

„Darf ich deinen Busen anfassen?"

„Ja, du darfst. Du darfst Busen auch küssen. Aber wenn du beissen, is Stress, dann ich mach Alarm."

„Okay, ich weiß Bescheid. Ich komm rein zu dir."

Es waren die ersten schönen zwanzig Minuten, die ich in der Lupinenstraße hatte. Sie hieß Monika und mir war klar, dass ich wieder zu ihr wollte.

Gleich am nächsten Tagen ging ich wieder zu ihr. Alle anderen Mädchen interessierten mich nicht. Ich hatte nur Vertrauen in Monika.

Am dritten Tag ließ ich mich auf dem Weg zu Monika von anderen Frauen an den Fenstern in Gespräche verwickeln und stellte fest:

Wow, es waren viele Polinen und auch Bulgarinnen in der Lupinenstraße und sie waren alle freundlich und ihre Aufforderungen, doch reinzukommen und es mal mit ihnen zu versuchen, klangen ehrlich.

Am vierten Tag landete ich bei einer süßen Bulgarin, die nannte sich Daisy, das ist kurz für den schönen bulgarischen Namen Desislava. Die hatte zwar keine dicken Titten wie die Polin Monika, aber mit ihren nur 150 cm Körpergröße war sie eine Mini-Traumfrau, mit ihrem hübschen Gesicht und ihrem perfekten, kleinen Körper. Außerdem war sie keck, ein bisschen frech, provozierend, aber: Herrgott sei Dank, sie war korrekt im Bett!

Von ihr lernte ich die ersten Bulgarischen Worte, gleichmal die wichtigsten: „Obitscham te", das heißt: „Ich liebe Dich."

Das rief sie mir immer aus dem Fenster zu, wenn sie mich auf der Lupinenstrasse wandeln sah.

Später lernte ich auch „Mrasja te!", „Ich hasse dich!" Das rief sie mir immer dann zu, wenn ich in der Lupinenstrasse eine andere besuchte, statt sie. Meine freche Daisy.

Tja. Nach Monika und Daisy musste ich prüfen, ob auch die anderen Damen der Lupinenstraße korrekt waren und guten Service bieten.

# Sandra, die Lupi-Queen

Eines Tages stand ich plötzlich vor einer großen, blonden Polin, die hatte eine Traumfigur wie ein Busenmodel, das es auf die Titelseite eines Herrenmagazins geschafft hatte.

Das folgende schrieb ich über sie auf:

Irgendwann im Jahre 2007 hatte ich entdeckt, dass es sich ja lohnt, ab und zu in die Lupinenstrasse zu gehen und war schon einige Male dort gewesen. Ich überredete einen Kumpel doch mal mit mir mitzukommen, einen „Lustlauf durchs Laufhaus" zu machen. Natürlich freute ich mich schon darauf, mit ihm durch die ganze Straße, in jedes Haus, in jedes Stockwerk zu gehen.

Es war Sonntag, ein später Nachmittag, die Sonne schien noch. Wir betraten die Lupi von der Seite der Mittelstrasse, wo die Kneipe Onkel Dieters Bar ist. Von hier kommend ist das erste Haus links die Hausnummer 3.

Auf der rechten Seite ist ein Laufhaus, es hat die Hausnummer 4. Jetzt wird's schon spannender. Man muss in das Haus hinein und steht in Fluren, die Mädchen stehen an ihren Türen, nur 2 bis 3 Meter von ihrer Bettkante entfernt.

Für Neulinge ist es aufregend, das zu sehen, für routinierte Laufhausgänger wie mich ist es etwas ganz Normales.

Gleich im Erdgeschoss, links, stand ein Mädchen in ihrer Tür, bei ihrem Anblick blieb mir die Spucke weg. Ich hatte gedacht, schon alle Mädchen in der Lupinenstrasse gesehen zu haben. Aber jetzt stand ich vor einer hellblonden Traumfrau, die hatte eine Schönheit, wie ich sie nur von den Titelseiten der Männermagazine kannte.

Wieso schreibe ich eigentlich in Vergangenheitsform? Gegenwart ist spannender:

Sie hat Dessous an. Ihr Körper ist nur knapp bedeckt von Slip und Top und bietet einen Anblick, den Männer nur selten in ihrem Leben aus 1 Meter Entfernung geboten bekommen. Ich weiss nicht, wie ich ihr Aussehen, ihren Blick beschreiben soll, man findet nicht die richtigen Worte. Aus dem Gesicht eines blonden Unschulds-Engels strahlt dir ein Lächeln entgegen, ähnlich dem einems jungen Mädchens, das sich freut, dich zu sehen. Dabei kennst du sie doch gar nicht!

Sie ist ein Traum, nein eine Traumfrau, nein, es ist ein Realität gewordener Traum und diese Traumfrau fragt dich:

"Willst du reinkommen?"

Es ist keine Einladung zum Kaffee trinken. Wenn du jetzt reingehst, dann werden die feuchten Träume aus deinen Pupertätsjahren wahr. Damals bist du noch mit dem Playboymagazin ins Bett gegangen, jetzt kannst du bei Sandra deine Täume wahr werden lassen. Nein, es ist kein Traum. Es ist paradiesische Realität, und du stehst im Puff. Das Paradies ist nur drei Schritte entfernt, es ist das Lotterbett, in das du dich nun mit ihr begibst.

Ich hatte damals Angst, dass ich enttäuscht sein würde und meine Träume von der Traumfrau zerplatzen würden, wenn sie abzockt und Extrageld für Ausziehen, Anfassen, Busenküssen oder eine kleine Annehmlichkeit verlangen würde. Es gibt ja noch immer solche Huren, und besonders bei den ganz hübschen muss man auf alles gefasst sein.

Ich musste mich beherrschen um cool zu bleiben und Fragen zu stellen.

„Bist du Deutsche?" – „Nein, Polin."

„Wie sind deine Konditionen?" – „

„30 Euro, Blasen 10 Euro, alles mit Gummi."

„Wie lange?" – „20 Minuten."

„Mit Ausziehen und Anfassen?" – „Natürlich."

Weil ich sie nicht kannte, musste ich ja sicherheits-
halber fragen. Den Puffbesuch in Frankfurt von
1996 hatte ich nie vergessen.

„Wie heisst du?" – „Sandra."

„Wie lange bist du heute noch hier?"

„Bis Mitternacht."

„Okay, ich muss mit meinem Kumpel noch ein bisschen durch die Häuser. Der ist das erste Mal in der
Lupi und ich muss ihm alles zeigen."

Sandra verstand. Das sagen viele und kommen
dann nie wieder, weil sie Angst vor Traumfrauen
haben. Ich habe keine Angst vor schönen Frauen
und mir war klar, dass ich wieder zu ihr zurück-
kommen würde. Egal wie laut Daisy „Ich hasse
dich" brüllen würde.

Es war schwer, nicht gleich Sandras Zimmer zu
betreten, aber ich hatte auch eine Verpflichtung
meinem Kumpel gegenüber. So zog ich zusammen
mit ihm durch die Häuser, aber es war anders als
sonst. In Schönheit war keines der anderen Mädchen mit dieser Traumfrau Sandra vergleichbar.
Mein Kumpel war der gleichen Meinung wie ich.
Also wieder zurück zu Haus Nummer 4.

Weil Sonntag war, und Sandra normalerweise sonntags nicht arbeitet, hatten wir Glück und sie war nicht von einem ihrer vielen Stammkunden gebucht. Sie stand tatsächlich noch, oder wieder an der Türe. Mein Kumpel musste warten, ich ging zuerst rein, er übrigens später, gleich nach mir. So wurden wir an diesem Tage Lochschwager.

Die Tür schliesst sich hinter mir, ich bin allein mit meiner Traumfrau. Ich zahle 30 Euro, Minimalbetrag. Falls es Mist wird, dann hat man nur 30 Euro verloren. Ich entkleide mich und sie schickt mich ans Waschbecken.

Nun stehe ich vor ihr. Mit ihren hohen Schuhen ist sie genauso gross wie ich. Aug in Aug stehen wir uns gegenüber und sie strahlt mich an und ich bin überzeugt, dass sie sieht, wie fassungslos ich bin, dass ich tatsächlich nackt vor so einer Traumfrau stehe. Ich streichle ihre Schultern, über ihren Busen.

Ich sage: "Zieh dich bitte aus" und sie entgegnet: "Nein, das musst du machen".

Sie dreht mir den Rücken zu, ich öffne den BH. Sie dreht sich wieder um und langsam, in Zeitlupe, sinkt der BH nach unten und lässt Zentimeter um Zentimeter mehr von ihrem Traumbusen sehen.

Ich trete einen Schritt zurück um wirklich ALLES zu sehen. Ich bitte sie, die Schuhe auszuziehen, sich aufs Bett zu stellen. Da steht sie wie eine Stripperin vor mir, die schon alles ausgezogen hat und lächelt zu mir von der Bühne herunter.

Wovon du in Tabledance-Bars immer träumst, hier wird es Realität: Du streichelst ihre Beine, ihre Oberschenkel, die Innenseiten der Oberschenkel, ihren rasierten Schambereich. Sie dreht sich, du streichelst ihren Po, ihre Hüften, ihren Rücken. Sie dreht sich, du streichelst ihren Busen und sie beugt sich nach vorne und deine Nase ist zwischen ihren Brüsten.

Sie kniet sich nieder, greift dein Geschlecht. Du bekommst einen Schutz darüber und darst nun mit ihr schlafen.

Es liegt an dir, ob du nun Kuschelsex mit Umarmung machst oder Sexpositionen wie Doggy von Hinten oder sie reiten läßt.

Ich habe mich für die Stellungsvarianten entschieden und während sie auf mir ritt und ihr Traumbusen meine Sehnerven zum Glühen brachten, hatte ich mit dieser Traumfrau meinen Orgasmus.

Alles war harmonisch und geil verlaufen. Kein einziges Mal hatte ich das Gefühl, dass sie Zeitdruck macht und drängelt, dass ich fertig werde. Beim Anziehen freundliche Worte. Ich sage ihr, dass es phantastisch war.

Sie sagt schmunzelnd: "Ich weiss."

Sie gibt mir ihre Visitenkarte, darauf steht Sandra, Haus 4, Tel.-Nr. und sagt mir, wann sie immer arbeitet.

Ich sage: "Wow, du bist aber professionell" und sie bestätigt:

"Ich lege Wert auf zufriedene Stammkunden. Die dürfen anrufen und einen Termin machen, damit sie nicht umsonst lange warten müssen oder umsonst in die Lupi fahren, falls ich mal nicht da bin. Und dann vielleicht zu einer anderen gehen. Obwohl... (Pause) die meisten kommen dann eh immer wieder reumütig zu mir zurück."

Ich lache und sage: "Das kann ich verstehen."

Ich fahre fort und frage: "Ach übrigens, wenn ich wieder komme, würdest du dies anziehen?", greife in meine Jackentasche und zaubere einen kleinen Krankenschwestern-Bikini hervor, den ich eigentlich der Daisy anziehen wollte.

Sandra geht zum Schrank, öffnet ihn, greift hinein und zeigt mir ein komplettes Krankenschwestern-Kostüm, das da am Kleiderbügel hängt und sagt: "Da hab ich was besseres".

"Das gibt's doch nicht!" Du bist ja auf alles vorbereitet. Das kostet aber bestimmt extra, gell?"

"Ja".

Sie nennt mir den Preis, aber er ist erschwinglich.

Sie zieht Schubladen auf, zeigt mir S/M Lederklamotten und dazu passende Spielzeuge.

"Es ist alles da, was dein Herz begehrt. Eine Behandlung damit ist aber erheblich teurer."

"Hast du viele solcher Kunden?", frage ich neugierig.

"Einige. Ich mache auch Facesitting, Trampling etc. Frag mich einfach, was du willst."

"Sorry, Sandra, ich glaube du hast in mir keinen Stammkunden, an dem du viel Geld verdienen wirst. Ich bin schon zufrieden, wenn ich für 30 € bei dir sein kann."

"Auch solch einfache Kunden sind mir recht", sagt sie und ihre Mimik zeigt, dass sie es ernst meint.

Ich wurde Stammkunde bei Sandra. Die Lupi-Läufer nannten sie „Sandra, die Lupi-Queen".

# Stress im Puff

Eines Tages, beim „After Sex – Talk" fragte ich sie, ob sie schon einmal „Stress" mit einem Kunden hatte und Alarm schlagen musste.

„Ja. Da war einer, der hat mit den Zähnen an meinen Brustwarzen geknabbert. Nicht gebissen, aber ich habe es ihm untersagt. Lecken und küssen erlaubt, knabbern verboten. Er hat sich nicht dran gehalten. Ich habe ihn gewarnt. Noch einmal, dann kriegst du Stress. Der wollte es wissen. Der hat nochmal geknabbert. Ich habe den Alarmknopf gedrückt, bin aus dem Bett gesprungen, habe seine Klamotten aus dem Fenster auf die Straße geworfen. Im gleichen Moment kam die Security rein und hat ihm sofort zweimal aufs Maul gehauen, damit er weiß, wer hier das Sagen hat. Dann wurde er an den Haaren aus dem Zimmer gezogen und mit Arschtritt auf die Straße befördert, wo er dann nackt seine Klamotten zusammensuchte. Die ganze Lupi hat ihn ausgelacht. Da war Stimmung."

„Oh Wahnsinn, welch ein Abenteuer!"


Ein halbes Jahr später hörte Sandra auf, in der Lupi zu arbeiten. Für uns Männer war das Schade.

Sandra, ich werde dich nie vergessen.

So, mit diesem Buch ist die Brücke geschlagen zwischen meinen Erlebnissen des Buches über die „Hasenjagd im Singlemarkt" und all den anderen diesem Buch folgenden Erlebnissen im Rotlicht. Meine Bücher sollten in der folgenden Reihenfolge gelesen werden:

### Hasenjagd im Singlemarkt
**Liebe endet mit Liebeskummer, Sex mit Orgasmus**

### Die Schöne war das Biest
**Ein erotisches Rollenspiel mit bösem Ende**

### Viel Sex für wenig Geld
**Das erste Mail im Puff**

### Sex oder Salsa
**Warum tanzen, wenn du Sex willst?**

### Lustlauf durchs Laufhaus
**Alle Treppen führen zum Glück**

### Traumfrauen im Lotterbett
**Im Puff können Märchen wahr werden**

### Sex mit der Sexbombe
**Besser als im falschen Pornofilm**

### Gruppensex im Lotterbett
**Flotte Dreier mit dem Freier**

### Flotter Vierer mit Zahlemann
**Drei Frauen im Bett ist nichts Perverses**

**Zwanzig geile Minuten**
Zwischen zwei Pils passt noch ein Höhepunkt

**Spiel mit der Sklavin**
Kleine Klapse auf den sexy Po

**Vier Nächte im Rotlicht**
Höllenglocken klingen geiler wenn sie Mira heißen

Siggis Leben ist aufregend und testosteronhaltig.
Weitere Storys und Bücher von ihm sind in Arbeit

Kontaktaufnahme, Leserbriefe:

Siggi Selector ist bei Facebook und Twitter